Pour Rachel

Titre original : *The Doomspell*
Édition originale publiée par Orion Children's Books
a division of the Orion Publishing Group Ltd
© Cliff McNish, 2000, pour le texte
© Geoff Taylor, 2000, pour les illustrations
© Éditions Gallimard Jeunesse, 2001, pour la traduction française
© Éditions Gallimard Jeunesse, 2002, pour la présente édition

Cliff McNish

LE MALÉFICE

PREMIER VOLUME DE LA TRILOGIE

traduit de l'anglais
par Pascale Haas

FOLIO JUNIOR/**GALLIMARD** JEUNESSE

1. La Sorcière

L a Sorcière descendait l'escalier du Palais dans l'obscurité. La nuit était glaciale. La neige tourbillonnait furieusement dans le ciel et le vent hurlait tel un loup affamé.

– Quelle délicieuse soirée ! soupira la Sorcière d'un air satisfait.

Malgré le froid mordant, elle ne portait qu'une fine robe noire et marchait pieds nus. Un serpent s'enroulait amoureusement autour de son cou, et ses yeux rouge rubis clignaient de temps à autre entre les flocons de neige.

La Sorcière avançait sans effort, prenant un plaisir évident à faire crisser la glace sous ses orteils, tandis qu'un homme s'efforçait tant bien que mal de la suivre. Il mesurait moins d'un mètre cinquante et était âgé de plus de cinq cents ans. Les marques qui cernaient ses yeux donnaient l'impression qu'ils avaient été arrachés et réinsérés de nombreuses fois dans leurs orbites. Il descendait l'escalier pentu d'un pas traînant, et l'on ne voyait de lui que son gros nez plat et son menton tout carré. Il avait pris soin de camoufler sa maigre barbe sous trois écharpes.

– Alors, comment me trouves-tu, Morpeth ? demanda la Sorcière.

Brusquement, elle arbora le visage d'une très jolie femme.

– Ça devrait convaincre les enfants, marmonna le vieil homme. Pourquoi prenez-vous la peine de vous faire belle, Dragwena ? D'ordinaire, vous vous moquez pas mal de ce qu'ils pensent.

La Sorcière reprit son apparence habituelle : teint rouge sang, yeux tatoués, quatre rangées de dents, deux à l'intérieur et deux à l'extérieur d'une bouche qui se tortillait comme un serpent. Morpeth regarda les rangées de dents claquer et se chevaucher avant de trouver la meilleure position pour manger. Plusieurs araignées aux yeux mauves et revêtues d'une armure se faufilèrent entre les mâchoires en aspirant les restes du dernier repas.

– Ah, mais l'enfant qui arrive ce soir est spéciale ! dit la Sorcière. Je ne veux pas l'effrayer trop vite.

Morpeth poursuivit sa descente sur l'escalier verglacé de la tour-œil. C'était l'endroit le plus élevé du Palais, une fine colonne qui transperçait le ciel. En dessous s'entassaient des bâtiments dentelés, dont les pierres noires pointaient sous la neige, semblables à des pattes de scarabée. Morpeth posait prudemment un pied devant l'autre, préférant ne pas glisser – s'il tombait, la Sorcière attendrait comme toujours la dernière seconde avant de le rattraper. Ce soir, il avait remarqué que Dragwena était particulièrement excitée, elle faisait délicatement rouler les araignées sur sa langue en riant aux éclats. Ce rire – à l'image de la

Sorcière – était affreux, strident, inhumain. À travers ses narines en forme de pétales de tulipe tailladés, elle renifla l'air goulûment.

– Une soirée idéale, dit-elle. Le froid, l'obscurité… et les loups sont de sortie. Tu ne les sens pas ?

Morpeth émit un grognement en tapant des pieds pour se réchauffer. Bien qu'il n'eût ni senti ni aperçu les loups, il ne doutait nullement de ce que venait de dire Dragwena dont les paupières osseuses s'étiraient en triangle jusque derrière les pommettes. Jamais aucun détail de la nuit n'échappait à la Sorcière.

– Et le meilleur de la soirée reste à venir, soupira-t-elle. De nouveaux enfants vont bientôt arriver. Sans doute seront-ils comme les autres : un peu intrigués, mais ravis de notre attention. Qu'allons-nous faire d'eux, cette fois-ci ?

Elle ébaucha un sourire, et les quatre rangées de dents se précipitèrent en avant d'un air menaçant.

– Allons-nous les faire mourir de peur ? Qu'en penses-tu, Morpeth ?

– Peut-être seront-ils sans intérêt, répliqua-t-il. Il y a longtemps qu'aucun enfant spécial n'est arrivé ici.

– Ce soir, je crois que ce sera différent, dit la Sorcière. J'ai repéré celle-là depuis un certain temps. Cette enfant prend de plus en plus de pouvoir sur la Terre. Elle est douée.

Morpeth ne répondit pas. Passer un moment en compagnie de la Sorcière avait beau être pénible, ce soir il voulait être à ses côtés. Si un enfant spécial arrivait, il souhaitait en savoir sur lui autant qu'elle, quoique pour des raisons différentes.

Ils continuèrent à descendre l'escalier de la tour-œil. Tout en bas, un carrosse attendait, tiré par deux chevaux noirs piaffant de nervosité. D'habitude, lorsqu'elle partait accueillir de nouveaux enfants, la Sorcière volait à travers le ciel ; mais ce soir, sur un coup de tête, elle avait changé d'avis.

Trépignant d'impatience, elle regarda Morpeth descendre les dernières marches en titubant. « Qu'il est lent, qu'il est vieux ! » songea-t-elle. Le tuer d'ici quelque temps, lorsqu'il serait devenu inutile, lui procurerait un immense plaisir.

En poussant Morpeth à l'intérieur du carrosse, elle murmura une brève formule magique à l'oreille des chevaux, qui aussitôt s'emballèrent, terrorisés, en direction des portes du Palais.

2. La cave

Q u'est-ce qu'il y a ? demanda Eric en masti-
quant ses céréales.
Rachel haussa les épaules.
– Tu le sais bien.
– C'est encore ce rêve ?
– Mmm…
Rachel secoua ses longs cheveux bruns qui frôlèrent
son bol de lait, puis les envoya dans la figure de son frère.
– Arrête, fit Eric.
La bouche grande ouverte, il avança son visage tout
près de celui de Rachel et laissa dégouliner du lait et
des céréales sur ses lèvres.
– Oh, grandis un peu, lui dit sa sœur.
– Comme toi ? se moqua Eric. Non, merci.
Rachel l'ignora et contempla son assiette à laquelle
elle n'avait pas touché.
– Le rêve a changé, la nuit dernière, dit-elle. Cette
fois, il y avait…
– … les enfants, compléta Eric. Je sais. Je les ai vus.
Dans la neige, derrière la femme.

11

– Vous n'allez pas vous y remettre ! soupira leur mère en remuant son café. Écoute, Rachel, c'est toi qui as commencé avec cette histoire de rêves absurdes, et voilà maintenant que c'est au tour d'Eric. J'aimerais que vous cessiez cette plaisanterie. Ce n'est pas drôle du tout.

– Pourquoi est-ce que tu ne nous crois pas ? demanda Eric. Nous faisons les mêmes rêves tous les deux. Exactement les mêmes.

– Hier soir, reprit Rachel, les enfants frissonnaient derrière la femme. Ils avaient de grands cernes autour des yeux. Et ils étaient tout recouverts de givre.

– On aurait dit qu'ils étaient à moitié morts, ajouta Eric.

– Oh, arrêtez tous les deux ! se fâcha leur mère. J'en ai par-dessus la tête de ces bêtises.

– Mais je t'assure que c'est vrai, maman, insista Eric. La femme du rêve est bizarre. De la neige noire tombe autour de sa tête, et elle a un collier en forme de serpent qui vous regarde droit dans les yeux.

– Un vrai serpent, précisa Rachel.

– Vous avez répété ce petit numéro ? s'impatienta leur mère. Je vous connais, tous les deux. Vous me prenez pour une imbécile ? Terminez votre petit déjeuner.

Rachel et Eric finirent de manger en silence, puis se levèrent de table. On était samedi, ils pouvaient donc faire ce qu'ils voulaient. Eric descendit à la cave jouer avec ses maquettes d'avion. Rachel, plongée dans ses pensées, partit lire dans sa chambre, avec l'espoir de chasser le rêve de son esprit. Comment convaincre leur mère qu'ils disaient la vérité ? Au bout d'un moment, elle leva les yeux et vit sa mère sur le pas de la porte, l'air perplexe. Elle semblait être là depuis un certain temps.

– Dis-moi, c'est sérieux, cette histoire de rêves ? demanda-t-elle.

– Oui.

Sa mère lui jeta un regard irrité.

– Vraiment ?

Rachel la fixa à son tour.

– Maman, je n'irais pas inventer des choses pareilles. Ces rêves ne sont pas comme les autres.

– Si tu cherches à te moquer de moi…

– Pas du tout. Je te jure que c'est la vérité.

– Bon… admettons, fit sa mère en brandissant un sac à provisions. Je vais faire des courses. Nous reparlerons sérieusement de tout ça un peu plus tard. Où est ton père ?

– Devine !

– Au garage… en train de réparer la voiture.

– Comme d'habitude, dit Rachel.

Toutes deux éclatèrent de rire.

– Garde un œil sur Eric, veux-tu ?

– D'accord, j'irai voir ce qu'il fait dans un petit moment.

Une fois sa mère partie, Rachel replongea dans sa lecture, soulagée que quelqu'un d'autre que son frère commence à prendre ses rêves un peu au sérieux. Dehors, quelques rares voitures passèrent en trombe dans la rue et des enfants qui couraient devant la maison déclenchèrent les aboiements du chien des voisins. Son père jura à plusieurs reprises du fond du garage, mais c'étaient là les bruits habituels d'un samedi matin. Un peu plus tard, après avoir étouffé un bâillement, Rachel partit retrouver Eric.

Elle longea le couloir du premier étage… puis se figea brusquement.

13

Ce qu'elle entendait n'avait rien à voir avec les bruits d'un samedi matin.

C'était un hurlement.

D'où venait-il ? De l'étage en dessous, c'était certain. Mais ni de la cuisine ni du salon.

– Eric ? appela-t-elle en tendant l'oreille.

Quelqu'un était bien en train de crier. Le bruit montait des profondeurs de la maison. En arrivant près de la cave, Rachel vit son ombre trembloter sur le mur dans une lueur orangée. Un incendie ?

– Lâchez-moi, rugit la voix d'Eric. Au secours ! Qu'est-ce qui me retient comme ça… Laissez-moi !

Rachel s'approcha de la porte grande ouverte de la cave et huma l'air avec précaution, tout en jetant un coup d'œil en bas de l'escalier pentu.

À l'intérieur, il n'y avait pas la moindre flamme, mais toute la cave était embrasée d'une lumière vibrante écarlate, comme si un somptueux coucher de soleil s'était lassé du ciel et introduit dans la maison. Rachel se protégea les yeux. Sur le mur, au fond de la cave, une énorme forme noire s'agitait au-dessus du sol. Épouvantée, Rachel se laissa tomber à genoux. Où était Eric ? Elle l'entendait haleter. Guidée par les bruits, elle se rendit compte que la forme noire n'était autre que celle de son frère, dont les deux pieds se débattaient, le corps plaqué contre le mur.

– Rachel ! hurla-t-il en l'apercevant. Quelque chose me retient. Je n'arrive pas à me dégager !

Elle se précipita au bas de l'escalier.

– Qu'est-ce que c'est ?

– Je ne sais pas ! Je suis coincé ! Je ne vois rien pourtant ! dit-il en tapant derrière lui contre le mur. Allons, lâchez-moi !

Rachel saisit Eric par les poignets et le tira de toutes ses forces.

C'est alors qu'elle aperçut la griffe. Une énorme griffe toute noire, de la taille d'un chien, qu'elle vit fendre le mur du fond avant de se refermer sur l'un des genoux d'Eric. Puis la griffe l'attrapa par la jambe et l'entraîna brutalement à travers les briques, hors de la cave.

– Qu'est-ce qui se passe ? gémit Eric en voyant l'expression affolée de sa sœur. Tu vois ce que c'est ? Ne reste pas plantée là comme ça !

Une seconde griffe transperça les briques. Trois ongles verts crochus enserrèrent alors Eric par le cou, lui tordant la tête jusqu'à la faire disparaître complètement de l'autre côté du mur.

Rachel se jeta en avant, empoigna son frère par un bras et le tira vers elle, ramenant centimètre par centimètre son cou puis son visage à l'intérieur de la cave.

– Tire plus fort ! cria la voix assourdie d'Eric. Trouve quelque chose pour repousser ce truc !

D'un regard circulaire, Rachel chercha un instrument pointu. Mais rien de ce qui traînait dans la cave ne l'aiderait à libérer Eric. De nouveau, les griffes noires traversèrent le mur, cette fois en s'avançant dans sa direction. Lorsqu'elle se recula, les doigts osseux voltigèrent devant son nez, puis lui assenèrent une gifle en pleine figure.

Elle tomba par terre… et lâcha Eric.

Sans attendre, les deux griffes l'emprisonnèrent par la taille pour le tirer entièrement de l'autre côté du mur. Un bref instant, l'un de ses bras resté dans la cave gratta le sol avec les ongles en cherchant désespérément à s'accrocher à quelque chose, avant d'être aspiré pour de bon derrière le mur.

Rachel recula d'un pas chancelant, agitée de violents tremblements. Une brique descellée tomba à ses pieds, mais il n'y avait plus aucune trace des griffes. Du revers de sa manche, elle essuya sa lèvre ensanglantée.

Vite… Papa !

Elle remonta les marches à reculons sans quitter le mur des yeux une seconde et, arrivée en haut de l'escalier, elle se retourna pour bondir vers la porte.

Celle-ci se referma en lui claquant au nez.

Rachel agrippa la poignée et poussa un cri – elle était si brûlante qu'il était impossible de la toucher.

Puis, derrière elle, il y eut un grincement épouvantable. Le mur du fond trembla, s'ouvrit en deux et les briques volèrent en éclats sur le sol.

La main enroulée dans son pull, Rachel actionna de nouveau la poignée.

– Elle est bloquée ! hurla-t-elle en tambourinant contre la porte. Je n'arrive plus à l'ouvrir ! Papa !

Une rafale de vent la plaqua contre la porte. Rachel fit volte-face et vit qu'une nouvelle porte était en train de se former au milieu du mur de la cave – une porte qui n'avait rien d'ordinaire : d'un vert lumineux, elle avait la forme d'un œil et s'élargissait tout doucement. Une énorme griffe noire, prolongée par les mêmes doigts géants qui venaient de la gifler, l'ouvrit brusquement.

Rachel entendit des coups sourds au-dessus de sa tête.

– Papa !

– Qui est là ? dit-il. Qu'est-ce que c'est que tout ce vacarme ?

– C'est nous, Eric et moi ! Nous sommes… Quelque chose essaie d'entrer !

– Je n'entends pas ce que tu dis. Qu'est-ce que c'est que ce bruit ? À quel jeu jouez-vous…

– Nous sommes enfermés ! Papa, sors-nous de là !

Leur père commença à taper sur la porte de la cave.

Aussitôt, comme s'il avait senti sa présence, le vent qui s'engouffrait par la porte-œil se déchaîna en violente tempête. Manquant arracher la tête de Rachel, le vent souleva la poussière de la cave et la lui projeta dans les yeux. Un tabouret en bois se renversa et les maquettes d'Eric se mirent à tourbillonner en heurtant plusieurs fois le plafond.

Rachel avait de la peine à respirer. Le vent, d'une force infernale, propulsait la poussière dans sa bouche et dans son nez. Elle n'entendait plus son père.

– Où es-tu ? cria-t-elle.

Soudain, un nouveau bruit retentit : celui d'une hache qu'on enfonce dans du bois.

– Tiens bon ! hurla son père. J'arrive !

Rachel se sentit tout à coup tirée en arrière. Cherchant un point d'appui, elle cala ses pieds contre une marche et s'accrocha au montant de la porte. La hache entailla plusieurs fois la porte, qui refusa cependant de céder. Laissant tomber la hache, le père de Rachel glissa sa main dans la fente qu'il avait pratiquée.

– Accroche-toi à moi. Et quoi qu'il arrive, ne me lâche pas !

Rachel le saisit par le poignet. Puis, clignant des paupières pour se débarrasser de la poussière qui lui piquait les yeux, elle se retourna.

À présent, la porte-œil s'étendait pratiquement sur tout le mur du fond. Deux griffes la maintenaient ouverte, et entre les griffes, obstruant tout l'espace, se tenait une créature noire gigantesque avec des yeux verts triangulaires. Les poils qui recouvraient tout son corps flottaient au vent et au bout de chacun pointait une minuscule tête de serpent. Ils se tortillèrent vers l'escalier de la cave en essayant de mordiller les jambes de Rachel. Elle rentra les genoux en envoyant des coups de pied, sans lâcher la main de son père.

Dans l'encadrement de la porte-œil, la créature s'efforçait de pénétrer dans la cave, mais elle était trop grosse pour s'y glisser entièrement. Alors, pour la première fois, une bouche s'ouvrit toute grande au milieu de la tête de la créature et à l'intérieur, entre quatre rangées de dents, grouillaient une dizaine d'araignées aux yeux mauves qui sortirent précipitamment. Elles grimpèrent le long des poils en avançant vers Rachel.

La bouche murmura :

– Rachel…

Elle laissa échapper un cri et, rien qu'une seconde, lâcha la main de son père.

Une seconde de trop…

Aussitôt, la tempête la souleva pour la précipiter à travers la porte-œil.

La créature noire abaissa l'épaule pour la laisser passer puis, après un dernier regard dans la cave, elle aspira les araignées qu'elle fit revenir dans sa bouche. L'ultime image que vit Rachel avant de quitter ce monde fut cette ombre énorme juste au-dessous d'elle… et son père qui venait d'abattre la porte de la cave à la hache pour bondir à son secours.

Mais il arriva trop tard. Dans un grincement épouvantable, les briques reprirent leur place et la créature referma la porte-œil.

Le père de Rachel se rua au fond de la cave et donna des coups de hache sur le mur. Des morceaux de meubles tombèrent et se brisèrent sur son crâne mais, ignorant la douleur, il cogna de plus en plus fort. Finalement, à bout de forces, il laissa tomber la hache. Sur le mur, les dégâts se limitaient à quelques briques entaillées ici et là.

Furieux, il contempla la main qui avait lâché celle de sa fille, envoya la hache d'un coup de pied à l'autre bout de la cave et se mit à pleurer.

3. Entre les mondes

À la seconde où elle fut aspirée à travers la porte-œil, Rachel se mit à tomber à pic dans un immense puits de vide obscur. Elle se couvrit les yeux, s'attendant d'une seconde à l'autre à s'écraser mais continua cependant à tomber indéfiniment dans l'obscurité, à descendre en chute libre pendant plusieurs minutes, parvenant tout juste à respirer dans le vent glacé qui lui cinglait le visage.

Soudain, comme si quelqu'un avait placé un coussin sous elle, Rachel s'arrêta net. Suspendue dans l'espace, elle se mit à flotter tout doucement. Autour d'elle, il faisait toujours aussi noir, mais elle aperçut quelque chose d'un noir encore plus intense agripper son bras – la créature de la cave ! Un instant, les yeux triangulaires, qui avaient chacun la taille de son visage, la fixèrent intensément. Puis la créature s'éloigna, et son énorme corps informe disparut en contrebas.

Dès que la créature l'eut relâchée, Rachel recommença à tomber à pic, la tête la première.

Au bout de plusieurs secondes interminables, elle se

força à cesser de crier et, sans même s'en rendre compte, écarta les bras dans l'obscurité. Peu à peu, elle reprit le contrôle de ses mouvements et sentit bientôt qu'elle se dirigeait dans une seule direction : droit vers le bas, les pieds en avant. Elle posa ses chaussures à plat sur le coussin d'air tout en se disant : « Ralentis » alors qu'elle fendait l'air tel un skieur lancé à fond sur une piste. Concentrée sur cette unique pensée, elle sentit l'air mordant et glacial laisser place à des rafales de vent, puis à une légère brise qui lui caressa la tête et les épaules.

« Et maintenant, arrête-toi ! » se commanda-t-elle.

Comme si les ténèbres environnantes n'avaient attendu que cet ordre, son corps fit une embardée et s'arrêta d'un seul coup.

« C'est moi qui ai fait ça ? se demanda Rachel Comment y suis-je arrivée ? »

Elle ordonna ensuite à son corps de se retourner lentement. Aussitôt, il obéit et pivota en décrivant un cercle parfait qui lui permit de jeter un coup d'œil alentour. Rachel réprima un cri, interloquée, puis leva la main, l'approchant si près de son visage qu'elle sentit son propre souffle. Mais sa main restait invisible dans l'obscurité. « J'aimerais bien la voir », eut-elle à peine le temps de penser et sa main diffusa une faible lueur à quelques centimètres de ses yeux. Rachel l'observa avec stupéfaction tout en remuant les doigts.

— Le reste aussi, dit-elle à voix haute, et tout son corps se mit à briller légèrement.

« Plus fort », ajouta-t-elle. Et son corps se transforma en une torche qui illumina l'obscurité environnante.

— Allume tout ! cria-t-elle enfin, s'attendant à voir l'espace s'éclairer de couleurs vives. Mais tout resta noir, excepté les millions de grains de poussière qui scintillaient près d'elle et remontaient en l'air, portés par la brise.

Un frisson la parcourut. Comment toutes ces choses extraordinaires pouvaient-elles se produire ? Elle sentait en elle une force enivrante, faite de pouvoirs étranges et méconnus qui ne demandaient qu'à être utilisés. Qu'est-ce que cela voulait dire ?

Rachel regarda autour d'elle. Elle était suspendue à l'intérieur d'un silence obscur et insondable. Il n'y avait ni murs ni plafond, et elle n'avait aucun moyen d'évaluer la longueur de sa chute, ni à quelle distance elle se trouvait encore du sol. L'air humide qui soufflait d'en bas soulevait doucement ses cheveux. Eric n'était nulle part en vue. Lorsqu'elle essaya de l'appeler, le vent emporta sa voix vers les hauteurs. Il n'y avait pas le moindre bruit.

Sa lèvre était enflée à l'endroit où les griffes l'avaient frappée dans la cave et une petite goutte de sang coula sur son menton. En plissant les yeux, elle l'aperçut une brève seconde avant qu'elle ne disparaisse dans le vide.

Il devait pourtant bien y avoir un moyen de retrouver Eric…

– Où est-il ? demanda-t-elle à l'obscurité.

Aussitôt, elle distingua sous ses pieds un point bleu qui se tortillait. Elle connaissait cette couleur – c'était celle du pull-over d'Eric.

– Amène-le-moi ! ordonna-t-elle.

Mais cette fois, son ordre ne fut pas exécuté. Le point bleu continua à s'éloigner en tombant à une vitesse vertigineuse. La créature devait être quelque part dans les parages, elle en était certaine, et peut-être ses yeux triangulaires étaient-ils rivés sur Eric. Avait-il les mêmes pouvoirs qu'elle, ou bien tombait-il, terrifié, sans aucun moyen de se contrôler ?

Malgré sa peur de descendre encore plus bas et de rejoindre la créature, Rachel rassembla tout son courage et se força à plonger vers le lointain point bleu. Elle fut saisie d'un haut-le-cœur. Mais une seconde plus tard, le vent lui fit basculer la tête en arrière et la propulsa vers le bas. « Plus vite », se dit-elle, et son corps obéit docilement, le vent tiède se transformant soudain en givre contre son visage.

Devant elle, la forme bleue se rapprochait. Rachel descendit en piqué, utilisant ses bras comme des ailes, se glissa à côté d'Eric et attrapa son corps qui tournait en vrille pour les stabiliser tous les deux. Eric était inconscient. La chute, ou la peur de la chute, ou le vent à couper le souffle, l'avait fait s'évanouir. Pendant un long moment, elle garda son frère serré contre elle, attendit qu'il reprenne connaissance, puis le laissa sangloter sur son épaule en le réconfortant. Il resta blotti dans les bras de sa sœur qui lui murmurait des mots tendres, le temps de récupérer. Au bout d'un moment, il se tourna timidement vers elle. Une trace de vomi dégoulinait sur son menton.

– Rachel... tu... tu brilles ! Que se passe-t-il ? demanda-t-il en la dévisageant.

Rachel haussa les sourcils.

– Je n'en sais rien, mais pendant que tu étais évanouie, j'ai fait quelques petites expériences. Regarde un peu ça.

Elle se concentra de façon à faire virer ses cheveux au rouge, puis au jaune, puis de nouveau au brun.

23

– Co… comment fais-tu ça ? bégaya Eric.

– Je ne sais pas. Mais il y a peu de choses que je n'arrive pas à faire.

Cette fois, elle fit scintiller ses lèvres d'une lueur dorée.

Eric cligna plusieurs fois des yeux.

– Et moi, je peux le faire aussi ?

– Tu n'as qu'à essayer. Ordonne à une partie de ton corps de briller.

Eric ferma les yeux pour mieux se concentrer. Mais ses lèvres ne scintillaient toujours pas. Après avoir essayé vainement plusieurs fois, il renonça.

– Que se passe-t-il ? demanda-t-il d'un air inquiet. Nous filons tout droit vers la créature qui nous a entraînés ici, c'est ça ?

– Non. On continue à planer, dit Rachel en passant délicatement la langue sur sa lèvre tuméfiée. Je crois pourtant qu'on ferait mieux de descendre. On ne va pas rester perchés ici éternellement.

– Imbécile, il ne faut pas descendre ! Tu ferais mieux de nous faire remonter pour nous ramener dans la cave.

Bien sûr ! Pourquoi n'y avait-elle pas pensé plus tôt ? Rachel empoigna Eric et s'imagina que tous les deux regagnaient les bras de leur père. Mais rien ne se produisit. Elle essaya alors de se hisser ne serait-ce que de quelques mètres… Toujours rien.

– Super, ronchonna Eric en jetant un coup d'œil vers le bas. Je suppose que cette chose veut qu'on reste dans le coin. Tu l'as vue ? En tout cas, je sais qu'elle était énorme.

Rachel lui expliqua ce qui s'était passé dans la cave, en s'abstenant toutefois de mentionner les poils-serpents et les araignées.

Après un long silence, Eric dit :

– Si elle t'a suivie jusqu'ici, elle attend probablement en bas.

– C'est possible.

– C'est même certain.

– Mmm…

Puisqu'elle était incapable de les faire voler vers le haut, Rachel les fit descendre tout doucement. Pendant quelques minutes, tous deux scrutèrent les ténèbres, s'attendant à chaque instant à voir surgir les griffes de l'obscurité.

– Attends ! s'écria soudain Eric en désignant un point lumineux qui brillait faiblement en contrebas. Il y a quelque chose, là-bas. Et ça vient droit vers nous. Regarde !

Rachel se tourna dans la direction qu'il lui indiquait : une minuscule tache grise qui grossissait à toute vitesse se formait au-dessous d'eux.

– Cette chose était bien noire, non ? demanda Eric.

Rachel hocha la tête.

– Avec des yeux verts.

– Peut-être qu'elle n'est plus noire…

– Ou qu'elle a entraîné quelqu'un d'autre ici avec nous.

– C'est trop gros pour ça, déclara Eric avec assurance.

Rachel réalisa qu'il avait raison. La chose grise qui se rapprochait s'étendait au point de couvrir tout l'espace au-dessous d'eux. Et ce n'était pas un autre enfant. C'était quelque chose d'immense et d'informe.

– On dirait que c'est mou, dit-elle. Tu n'as pas l'impression ?

Eric commença à donner des coups de pied dans tous les sens.

– Nous allons heurter ce truc ! Arrête de nous faire descendre !

Rachel s'y efforça, mais ils continuèrent à flotter en se rapprochant de l'étendue grise. Ils descendaient maintenant avec une telle lenteur qu'une plume aurait pu sans peine les dépasser. Un courant d'air frais la fit frissonner suivi d'une rafale de vent glacial. Non seulement l'air ambiant était plus froid, mais il était parsemé de petits points lumineux qui scintillaient.

– On dirait des étoiles, murmura Eric en regardant autour de lui. Oui, je suis sûr que c'est ça. Ce doit être la nuit. Et on doit être... on doit être dehors.

À peine eut-il prononcé ces paroles qu'ils atterrirent, en douceur, sur un manteau de neige.

Une lune, ronde et gigantesque, cinq fois plus grosse que celle que l'on voit de la Terre, brillait d'un éclat glacial dans le ciel. Rachel était à l'affût du moindre signe de danger. Curieusement, des arbres tout tordus les encerclaient, leurs branches ployaient sous une épaisse couche de neige, semblant se courber en guise de bienvenue. La neige, au lieu d'être blanche, était grise. Étonnée, Rachel tendit les mains pour attraper quelques légers flocons qui tombaient du ciel. Ils fondirent en laissant une trace humide et sombre sur ses doigts. Tout autour, la même neige grisâtre tapissait le sol.

– Bon sang, sur quel coin de la Terre sommes-nous ? s'écria Eric.

– Vous n'êtes pas du tout sur la Terre, répondit une voix derrière eux.

Les enfants sursautèrent. Agenouillée dans la neige, un grand sourire aux lèvres, se tenait la femme du rêve. Ses yeux d'un vert lumineux étaient piquetés de paillettes mauve et bleu saphir. Des cheveux bruns et lisses cascadaient sur ses épaules, et son cou gracieux était orné d'un collier de diamants en forme de serpent dont Rachel vit clignoter les grands yeux rouge rubis.

À côté de la femme était assise une créature trapue et toute bossue qui ressemblait à un vieux nain.

– Qui… qui es-tu ? demanda Rachel à la femme.

– Je m'appelle Dragwena, répondit la Sorcière. Et voici Morpeth, mon serviteur. Bienvenue dans le monde d'Ithrea, Rachel.

Rachel papillonna des yeux.

– Comment connais-tu mon nom ?

– Oh, je sais beaucoup de choses, dit Dragwena. Par exemple, je sais qu'Eric a peur de moi. Pour quelle raison, à ton avis ?

Rachel sentit son frère se cacher derrière elle.

– Tout ça ne me plaît pas du tout, grommela Eric. Quelque chose ne va pas. Ne lui fais pas confiance.

Quoique intriguée elle aussi, Rachel intima le silence à son frère. Cette femme était-elle réellement la même que dans le rêve ? Elle remarqua que l'homme-nain tremblait dans ses bottes fourrées tandis que Dragwena, pieds nus, semblait très à son aise et insensible au froid

– Nous sommes tombés au fond d'un tunnel obscur, dit Rachel. Une créature avec des griffes noires…

– Elle est partie, coupa Dragwena. Je l'ai chassée.

– Mais comment as-tu fait ? s'étonna Rachel. Elle était énorme, je t'assure, et…

– Oublie ces griffes, dit Dragwena. Et enfilez ça.

Morpeth tendit aux enfants d'épais manteaux, des gants et des écharpes. Rachel examina les vêtements, sachant pertinemment qu'ils n'étaient pas dans les mains du nain une seconde plus tôt, ils leur allaient à la perfection. Elle mit une écharpe doublée de fourrure autour de son cou et, dès qu'elle toucha sa peau, l'écharpe s'enroula d'elle-même chaudement autour de ses épaules.

Rachel frissonna en se demandant ce qui allait se passer. Était-elle dans un monde magique ? Pouvait-elle utiliser les pouvoirs qu'elle s'était découverts entre les deux mondes ? Et qui était cette femme ? Elle jeta un coup d'œil à Eric qui était toujours agrippé à sa hanche et vit la peur dans son regard.

– Il faut qu'on rentre chez nous, déclara Rachel avec fermeté.

– Ne pense plus à ça, dit Dragwena.

Puis elle se tourna vers Eric.

– Quels sont tes bonbons préférés ?

– Je n'aime pas les bonbons, répondit-il d'un ton méfiant.

Dragwena sourit.

– Ah bon ?

– Enfin…, reprit Eric d'un air confus, sauf les bonbons fourrés à la gelée.

Rachel écarquilla tout grands les yeux. Elle savait qu'Eric ne mangeait jamais de bonbons fourrés à la gelée.

– C'est bien ce que je pensais, dit Dragwena. Regarde dans tes poches.

– Attends une seconde, intervint Rachel. Ce qu'on veut, c'est rentrer chez nous. Nous n'avons pas faim du tout. Oh !…

Un bonbon vert venait de surgir de la poche du manteau d'Eric. Il se faufila le long de sa manche et rebondit par terre. Un autre bonbon bleu le suivit. En moins d'une seconde, des dizaines d'autres jaillirent des poches des deux enfants et roulèrent sur la neige en essayant de s'échapper.

Les yeux de Dragwena étincelèrent.

– Ne les laissez pas s'en aller !

Sans comprendre pourquoi, Eric se retrouva en train de courir derrière les bonbons pour les mettre avidement dans sa bouche.

Morpeth, qui se tenait juste à côté, grogna intérieurement. Il voyait que les bonbons étaient en fait des araignées en armure qui s'empressaient de retourner dans la bouche de Dragwena. La Sorcière s'était comportée comme prévu : elle avait jeté un sort aux enfants afin de s'amuser et de tester Rachel.

Eric se donnait de plus en plus de mal pour rattraper les bonbons et les manger. Une araignée avec quatre dents ébréchées se précipita dans sa bouche. Il la croqua avec voracité tout en cherchant d'autres bonbons qui auraient pu lui échapper.

Rachel était aussi fascinée que son frère par les bonbons. Elle en approcha un de sa bouche. Il tortilla son petit corps en attendant qu'elle morde dans sa tête juteuse, mais l'expression de dégoût de Morpeth fit hésiter Rachel. Et pourtant, elle éprouvait un désir irrépressible de le croquer. Elle regarda tour à tour le malheureux Morpeth, la femme qui se tordait de rire et le bonbon, impatient de se faire croquer. Finalement, au prix d'un effort gigantesque, elle le lança en l'air. Il atterrit sur la robe de la femme et se rua vers sa bouche.

Dragwena le rattrapa sur son menton et le tendit à Rachel.

– Tu ne veux pas en goûter un ? Ils sont délicieux.

– Non, murmura Rachel d'une voix mal assurée. Enfin, si, j'aimerais bien. Mais je n'aime pas ces... je veux dire... (Elle regarda Eric, toujours occupé à se goinfrer à ses pieds.) Enfin, c'est que... (Elle s'efforça de penser à n'importe quoi pour oublier les bonbons.) Ce qu'on veut, c'est rentrer chez nous. (Eric l'ignora.) C'est bien ça, non ? On veut rentrer tout de suite à la maison.

– Oh, tais-toi un peu ! dit alors Eric, la bouche dégoulinante de jus. Ne fais pas attention à elle, Dragwena. (Puis il tira la langue.) Ma sœur raconte n'importe quoi, comme d'habitude.

Rachel lui jeta un regard stupéfait. Il y avait quelques minutes à peine, cette femme lui faisait une peur bleue. Que s'était-il passé pour qu'il ait changé d'avis ? Elle se tourna nerveusement vers Dragwena et le nain, sentant peser sur elle une terrible menace. Devait-elle essayer de fuir ? Mais cela impliquerait d'abandonner Eric...

Lentement, la Sorcière se redressa. S'étirant comme un chat, elle allongea bras et jambes jusqu'à mesurer plus de deux mètres de haut. Puis, enfonçant ses orteils dans la neige, elle se mit à flotter à quelques centimètres au-dessus du sol en direction de Rachel.

– Voyons un peu à quoi tu ressembles, dit Dragwena.

Du bout des doigts, elle traça un dessin compliqué sur le nez et les paupières de Rachel.

– Mmm... Tu es une enfant surprenante. Je vois à présent que tu es exactement ce que j'attendais. Et même mieux que ce que j'attendais. Réponds à ma question : Eric a été le premier à traverser le mur. Comment se fait-il que vous soyez arrivés ici en même temps ?

Bien que voulant se montrer prudente, Rachel se sentit poussée à répondre avec franchise.

– J'ai volé jusqu'à lui. C'était facile.

Dragwena éclata de rire.

– Qu'est-ce que tu arrives à faire d'autre aussi facilement ?

Rachel lui raconta tout ce qui s'était passé entre les deux mondes. Elle ne pouvait plus s'arrêter de parler. Chaque détail de chaque minute de son voyage se déversa malgré elle de sa bouche.

Dragwena semblait finalement satisfaite.

– Ce que tu as réussi à faire aussi facilement, aucun enfant ne l'a jamais fait. Pas un. Des milliers sont pourtant arrivés ici avant toi. Des milliers d'enfants inutiles. Suis-moi.

Cette fois encore, Rachel ne put s'empêcher d'obéir, avança pour prendre la main glacée que lui tendait Dragwena. Son instinct lui soufflait de résister, de rester près d'Eric et de l'emmener loin d'ici mais elle se retrouva bras dessus bras dessous avec Dragwena. Morpeth prit la petite main d'Eric dans la sienne, et ils suivirent tous les quatre un sentier dans la neige, comme une bande d'amis qui l'auraient déjà maintes fois emprunté.

Les chevaux noirs et le carrosse les attendaient. Eric s'installa à côté de Morpeth, les mains sagement posées sur les genoux. Le vieux nain avait le regard dans le vague. Rachel, elle, se rapprocha de Dragwena, complètement subjuguée par son apparence, sa voix et ses gestes. Rachel avait oublié son envie de rentrer à la maison, elle avait même oublié ce qu'était sa maison. Elle était incapable de détacher son regard de la Sorcière.

Dragwena attrapa quelques flocons de neige qui entraient dans le carrosse par la fenêtre ouverte.

– Et si on volait ?

Rachel acquiesça avec enthousiasme.

La Sorcière chuchota un ordre aux deux grands chevaux noirs. Aussitôt, leurs sabots s'élevèrent dans le ciel pour s'élancer en direction du Palais.

4. L'arrivée au Palais

Rachel ne se rappelait rien du long vol en carrosse dans l'air glacé. Pendant le trajet, la Sorcière l'avait gardée serrée contre elle en la bombardant de questions. Rachel lui avait raconté toute sa vie, y compris des secrets ignorés de ses meilleures amies. Elle lui avait parlé de son école, de ses parents, de ses couleurs préférées, elle avait fait part à cette femme de tout ce qu'elle aimait et de tout ce qu'elle détestait. Dragwena semblait particulièrement intéressée par ce qui lui faisait horreur.

Lorsque la Sorcière eut appris ce qu'elle voulait savoir, le collier-serpent se déroula de son cou. Il s'enroula autour de celui de Rachel, puis lui fit basculer doucement la tête d'avant en arrière, la faisant entrer dans une sorte de transe dont seule la Sorcière pourrait la tirer.

Une fois Rachel endormie, la Sorcière dut faire un effort pour contenir son excitation. Cette enfant était encore plus douée qu'elle ne l'avait espéré : elle avait appris à voler entre les mondes et elle avait résisté aux bonbons, même quand elle l'avait poussée à en goûter un.

« Je me demande si cette enfant est celle que j'attends depuis si longtemps... », songea Dragwena en poussant un soupir. Combien de petites filles pleines de promesses au départ s'étaient finalement avérées trop faibles pour maîtriser les sortilèges complexes de la sorcellerie ? Peut-être Rachel n'était-elle en fin de compte qu'une faible enfant de plus...

La Sorcière fit poser le carrosse sur le sol, ouvrit les fenêtres et appela ses loups d'une voix douce. Aussitôt, ils arrivèrent en trottant et entreprirent de mordiller les jambes des chevaux, partageant avec la Sorcière la joie de cette soirée.

Dragwena se détendit et abandonna son visage de jolie femme. Ses oreilles s'affaissèrent à l'intérieur de son crâne, son teint vira au rouge sang, puis ses paupières s'étirèrent au point de se rejoindre derrière sa tête, ce qui lui permettait de contrôler son monde dans le moindre détail avec une parfaite clarté.

Soudain, cédant à une impulsion, elle donna un coup de pied au cocher qui tomba de son siège, s'empara des rênes et fouetta sauvagement les chevaux pendant plusieurs kilomètres, tandis que ses quatre rangées de dents étincelaient à la lueur de l'énorme lune d'Armath.

Au bout d'un moment, la Sorcière arrêta les chevaux d'un geste brusque au bas des marches du Palais. Plusieurs personnes de petite taille, qui ressemblaient à Morpeth, les attendaient.

– Dépêchez-vous, bande d'abrutis ! lança Dragwena avec impatience. Emmenez-les là-haut !

– M… mais, ma Reine, balbutia l'un des hommes, la chambre des invités n'est pas prête.

Il se tourna vivement vers deux autres nains, qui enveloppèrent les enfants endormis dans d'épaisses couvertures et se hâtèrent de monter l'escalier.

– Pas prête ? tonna Dragwena. Et de qui est-ce la faute, Leifrim, sinon de la tienne ?

L'homme baissa les yeux.

– Non, c'est de ma faute, dit quelqu'un d'autre – une créature rousse avec un visage de petite fille et des yeux ridés de vieille femme. Punissez-moi.

– Tais-toi, Fenagel ! souffla Leifrim.

La Sorcière éclata de rire.

– Peut-être devrais-je vous punir tous les deux, le père et la fille. Le père pour sa bêtise et la fille pour avoir ouvert la bouche.

Sur ces mots, elle tendit son cou vers la lune. Aussitôt, Leifrim fut propulsé dans le ciel noir et resta suspendu en l'air à plusieurs centaines de mètres.

– Que vais-je faire de ton père ? demanda la Sorcière en se tournant vers Fenagel. Mérite-t-il un châtiment sévère… ou juste une petite punition ?

– Je vous en prie, ne lui faites pas de mal ! supplia Fenagel. Il cherchait seulement à me protéger. C'est moi qui ai oublié. Je ferai tout ce que vous voudrez.

– Tu n'as rien qui puisse m'intéresser, petite. Dans mon royaume, sache que moi seule ai le droit d'oublier, et que je n'oublie jamais rien.

Au même moment, Leifrim se retrouva violemment projeté contre un arbre et atterrit sur le sol, les deux genoux brisés.

Dragwena se délecta quelques instants de le voir se contorsionner pour dégager ses jambes disloquées.

Puis, les bras tendus en avant, elle décolla d'un bond du sol gelé et s'élança vers les lumières de la tour-œil.

Dès que la Sorcière fut hors de vue, Fenagel se précipita vers son père. Il était étendu au pied de l'arbre et gémissait de douleur.

– Doucement, papa… Ça va aller. Elle est partie.

Un autre homme, affublé d'une barbiche en pointe, prit aussitôt les choses en main. Après avoir examiné les blessures de Leifrim, il ordonna à trois autres nains de le transporter dans une petite cabane en bois, où ils soignèrent ses égratignures et fabriquèrent des attelles pour soutenir ses jambes.

Fenagel jeta un regard furieux au barbu.

– Pourquoi n'as-tu rien fait pour l'aider, Trimak ? Tu es censé être notre chef ! Tu passes ton temps à dire que nous devons nous protéger mutuellement de la Sorcière. Mais tu restes là sans rien faire, comme les autres. Comment oses-tu ?

Trimak baissa la tête.

– S'attaquer directement à Dragwena ne servirait à rien, dit-il, ton père le sait bien. Si j'avais tenté quoi que ce soit pour arrêter la Sorcière, elle m'aurait tué.

Leifrim opina du chef, et Fenagel, en larmes, prit son père par la main.

– Nous ne pouvons rien contre la Sorcière, murmura Leifrim en dépit de sa souffrance, mais peut-être quelqu'un d'autre le pourra-t-il. Juste avant de franchir les portes du Palais, Morpeth a réussi à nous envoyer un message par l'intermédiaire de l'aigle Ronnocoden. Il dit que cette nouvelle enfant, Rachel, a tenu tête à Dragwena. Elle a refusé les bonbons que lui a offerts la Sorcière. Vous vous rendez compte ! Cette nouvelle m'a tellement réjoui que j'ai oublié de m'occuper des préparatifs. C'est stupide de ma part, vu que Dragwena ne tolère jamais la moindre erreur.

Fenagel regardait fixement les jambes brisées de son père.

– Tout ceci est de ma faute…

– Cesse de te faire des reproches, lui dit-il. Personne n'échappe longtemps aux châtiments de Dragwena.

Trimak s'avança vers lui.

– Serais-tu en train de dire que cette enfant, Rachel, a tenu tête à Dragwena, et que celle-ci l'a laissée en vie ?

– Oui. Apparemment, la Sorcière elle-même a été impressionnée. Rachel doit être une enfant très spéciale. (Il se tourna vers sa fille.) Tu te souviens de l'enfant-espoir dont je t'ai parlé ?

– Celle qui viendra de l'autre monde ? rétorqua Fenagel. L'enfant brune qui nous ramènera sur la Terre, ajouta-t-elle dans un demi-sourire. Ce n'était donc pas seulement une histoire ?

– Chut ! lui intima Trimak. Mais si, bien entendu, ce n'est qu'une très vieille histoire. Veille sur ton père.

Trimak donna des instructions pour que l'on prépare un brancard, puis sortit de la cabane.

Dehors, comme toujours, le froid était mordant. Une tempête obscurcissait le ciel vers le nord. À l'ouest, quelques étoiles solitaires brillaient au firmament. Trimak soupira, en espérant que leur lumière vacillante ferait reculer la tempête. Au sud, la lune gigantesque et glaciale d'Armath les contemplait d'un air menaçant, et sa surface meurtrie n'offrait aucune consolation. « Je me demande depuis combien de siècles cette lune contemple notre planète », songea

Trimak. Avait-elle déjà été témoin d'une attaque couronnée de succès contre la Sorcière ? Jamais, il le savait. Jamais.

Il emprunta un sentier à proximité des marches du Palais et repartit chez lui d'un pas traînant. Muranta, sa femme, réchauffa une soupière sur le feu de bois pendant qu'il lui racontait les événements de la soirée.

Un frisson la traversa.

– Tu penses que cette Rachel pourrait être l'enfant-espoir ?

– J'en doute, répondit Trimak d'un ton dédaigneux. Nous avons vu tant d'enfants aller et venir… Ils semblent à chaque fois pleins de promesses, mais soit Dragwena les anéantit, soit elle détourne leur pouvoir à son propre avantage.

Lorsqu'il croisa le regard de Muranta, il ajouta d'un ton grave :

– J'ai le sentiment que la Sorcière attend depuis longtemps l'arrivée de cette enfant. Peut-être Rachel se révélera-t-elle une autre sorcière. Imagine alors ce qui se passerait ! Quoi qu'il en soit, j'ai de la peine à croire que cette Rachel puisse nous venir en aide.

Mais, dans son for intérieur, il s'interrogeait

5. Les sortilèges

Le lendemain matin, Rachel se réveilla tard. Elle bâilla longuement et enfonça ses orteils dans les draps doux et soyeux.

– Bonjour, Rachel, dit une voix bourrue.

Elle sursauta.

– Qui est là ?

– C'est moi. Morpeth.

Morpeth ! Des images défilèrent à toute vitesse dans sa tête – les griffes noires au fond de la cave, la rencontre avec la femme-serpent et le vieux nain… Mais que s'était-il passé ensuite ?

– Où suis-je ? demanda Rachel en s'efforçant de rassembler ses pensées. Et où est Eric ? Qu'avez-vous fait de lui ?

– Ton frère est en lieu sûr. Il vient de prendre son petit déjeuner et il joue à côté. (Il pinça le gros orteil de Rachel.) Toi, par contre, tu as fait la grasse matinée, paresseuse.

– Avec qui joue Eric ? Avec d'autres enfants ?

– Bien entendu. Vous n'êtes pas les seuls enfants

ici, notre monde en est plein. Je crois qu'il joue à cache-cache

– Dans la neige ?

– Quel meilleur endroit ? s'esclaffa Morpeth. Tout se ressemble. Il y a des tas de coins fantastiques où se cacher.

Rachel l'observa attentivement.

– Un monde plein d'enfants ? Mais pourquoi ? D'où viennent-ils ? Il n'y a donc aucun… adulte ?

– Je t'expliquerai tout ça plus tard. Pour l'instant, laisse-moi te souhaiter la bienvenue dans le monde merveilleux d'Ithrea. (Son visage s'éclaira d'un grand sourire.) Tu es notre invitée d'honneur, et tu te trouves en ce moment dans le Palais de Dragwena. Ces chambres sont réservées aux hôtes de marque.

Rachel examina le lit dans lequel elle avait dormi, un vaste océan de draps écarlates décorés de serpents noirs chatoyants dont les yeux rouge rubis semblaient tous la suivre du regard.

– Je n'ai pourtant rien de spécial, dit Rachel. Je suis comme tout le monde. (Elle baissa les yeux sur le pyjama qu'elle portait et qui lui allait à la perfection.) Ce n'est pas mon pyjama. Qui m'a…

– Une servante t'a déshabillée, hier soir, l'informa Morpeth.

– Une servante ?

– Tant que tu seras parmi nous, tu disposeras d'une servante. Elle s'appelle Fenagel.

Il regarda de l'autre côté de la pièce où une jeune fille attendait, l'air mal à l'aise.

Rachel remarqua qu'elle avait les mêmes marques étranges que Morpeth autour des yeux, ce qui rendait impossible de déterminer son âge. Des cheveux roux soigneusement nattés encadraient son visage songeur.

Fenagel fit une révérence.

– À votre service, mademoiselle.

– Je peux m'habiller seule, dit Rachel, embarrassée.

– Dragwena a dit que nous devions te dorloter, lui expliqua Morpeth. Fenagel fera tout ce que tu lui demanderas.

– Tout ce que vous voudrez ! renchérit Fenagel. Je n'ai aucune importance, mademoiselle. Je ne suis qu'une servante. Demandez-moi tout ce dont vous aurez besoin.

Rachel ne savait trop quoi dire.

– Je ne… je n'ai besoin de rien. Et arrête de m'appeler mademoiselle. Mon nom est Rachel.

– Bien sûr, mademoi… je veux dire, Rachel.

– Il est temps de t'habiller, dit alors Morpeth. Je t'attends dans la Salle du Petit Déjeuner.

– Sais-tu où sont mes habits ? demanda Rachel à Fenagel après qu'il fut parti.

– Oh, vous en avez tout un choix, mademoiselle Rachel. Venez voir.

Fenagel emmena Rachel dans une pièce contiguë à la chambre. C'était une armoire, mais elle était si grande qu'on pouvait marcher au milieu sans distinguer les murs à chaque extrémité. Partout où regardait Rachel, il y avait des vêtements, des milliers de vêtements suspendus à des tringles sur des centaines de mètres. Alors qu'elle se régalait du spectacle, elle s'aperçut que tous les vêtements se tournaient vers elle. Des robes ravissantes se trémoussèrent pour attirer son attention. Une jupe gonfla son étoffe, se para

41

de couleurs changeantes et ondula de plaisir quand Fenagel en caressa délicatement l'ourlet. Plusieurs pulls poussèrent des chemisiers du coude, et des rangées de chaussures s'avancèrent d'un seul coup. Sur un regard réprobateur de Fenagel, chaque paire s'arrêta à une distance respectueuse pour laisser des chaussettes, des collants et des bas danser entre les chaussures. Finalement, tous les vêtements entourèrent Rachel en formant un cercle parfait et attendirent en silence qu'elle se décide.

Rachel recula d'un pas, le regard émerveillé. Une robe blanche plus hardie, brodée de pierres scintillantes, s'élança vers elle et se plaqua contre sa poitrine.

— Lâche-moi! s'écria Rachel en la jetant par terre.

— Non, non, essayez-la, dit Fenagel en riant, avant de lever un doigt menaçant vers un chemisier qui essayait de grimper sur la jambe de Rachel. Cette robe ne vous veut aucun mal!

— Mais comment des vêtements peuvent-ils…

— Oh, je n'en sais rien! s'exclama Fenagel. C'est Dragwena qui manipule tout ça. Voulez-vous porter cette robe, oui ou non?

— Je… j'ai le droit de porter ce que je veux?

— Oh, mais oui, mademoiselle Rachel! Tous ces vêtements sont pour vous.

Surmontant sa nervosité, Rachel essaya rapidement plusieurs tenues en déambulant entre les rangées de vêtements et les multiples grands miroirs que comportait la pièce. Toutes les tenues lui allaient à merveille. Mais elle était trop excitée pour s'en étonner. La robe blanche brodée de pierres précieuses s'était retirée dans un coin au fond de l'armoire et se languissait, l'air triste et malheureux.

– Est-ce que je te choisis, toi ? lui demanda Rachel, s'attendant à ce que la robe lui réponde par l'affirmative.

– Elle ne parle pas, mais elle aimerait sûrement être choisie ! s'écria Fenagel. Elle est magnifique, n'est-ce pas ?

Rachel faillit se laisser tenter. Néanmoins, pensant qu'elle devrait tôt ou tard sortir dans la neige, elle opta pour un gros pull-over blanc, un pantalon noir et une paire de solides chaussures plates de couleur grise. Quand elle s'éloigna sur la pointe des pieds, elle se demanda si les chaussures allaient lui montrer le chemin de la Salle du Petit Déjeuner. Finalement, Fenagel l'y conduisit, mais resta en retrait sur le seuil.

– Tu ne viens pas ? lui demanda Rachel.

– Je n'ai pas le droit d'entrer là. Je veux dire que j'ai déjà mangé. Enfin, je… je veux dire que je vous verrai plus tard, mademoiselle !

Et elle repartit en courant dans le couloir, comme s'il lui tardait de s'éloigner de ce qui se trouvait derrière la porte de la Salle du Petit Déjeuner.

Rachel se reprit et frappa doucement à la porte.

– Entre, Rachel, dit Morpeth.

La Salle du Petit Déjeuner la déçut quelque peu. Elle était toute petite, à peine plus grande que la cuisine de sa maison, et ne contenait qu'une table ronde et deux chaises. Il n'y avait là ni confitures appétissantes ni paquets de céréales alléchants pour attirer son attention. Rachel s'assit en face de Morpeth et esquissa un sourire.

– Je meurs de faim, dit-il. Pas toi ?

– Mmm…

Rachel réalisa tout à coup qu'elle n'avait pas mangé depuis des lustres. Ce qui l'amena aussitôt à repenser à son frère.

– Est-ce qu'Eric a pris son petit déjeuner ? Où est-il ? Il va s'affoler s'il ne sait pas où je suis.

Morpeth se mit à rire.

– Je viens d'aller le voir. Il s'amuse comme un fou à faire un bonhomme de neige. Il n'a même pas parlé de toi ! Tu pourras aller le rejoindre dès que tu voudras. Mais avant cela, mangeons quelque chose, d'accord ? De quoi as-tu envie ?

– Est-ce qu'il y a des céréales ?

– Mais oui. Toutes les sortes de céréales que tu peux imaginer, des toasts, des œufs et tout ça, mais aussi des tas de choses que tu ne manges sans doute que rarement au petit déjeuner… comme par exemple d'énormes sandwiches au chocolat qui vous mettent l'eau à la bouche.

– Très bien, je vais prendre des sandwiches au chocolat !

– C'est que, vois-tu, dit Morpeth en se calant contre le dossier de sa chaise, ils ne sont pas là en tant que tels. Dans notre monde, il faut imaginer le petit déjeuner qu'on veut.

Rachel, quoique légèrement surprise, repensa à l'armoire.

– Aujourd'hui, par exemple, reprit Morpeth, je voudrais des œufs, avec des saucisses en forme de, voyons voir… en forme de théières.

À la seconde même, une assiette d'œufs brouillés et de saucisses fumantes apparut sur la table. Chaque saucisse avait la forme exacte d'une minuscule théière, avec un bec, une anse et un gros ventre.

44

Rachel écarquilla les yeux en le voyant attraper une des saucisses. Elle était surmontée d'un petit couvercle, comme une vraie théière. Il la fourra dans sa bouche.

– Délicieux, commenta Morpeth. À ton tour d'essayer.

– Mais je… je ne sais pas faire ça, bredouilla Rachel. Comment as-tu fait ?

– Aurais-tu oublié la magie dont tu t'es servie entre les mondes ? Maligne comme tu es, ça devrait pourtant être facile pour toi, dit-il avant d'engloutir ses œufs à l'aide de la fourchette qui venait d'apparaître dans sa main. Vois-tu, ce monde est différent de celui d'où tu viens. Ici, la magie est partout.

– Partout ?

– Absolument. Et elle ne demande qu'à être utilisée. La magie n'attend que ça ! Tout ce dont tu as besoin, c'est d'un peu de pratique. Il suffit que tu décides ce que tu veux pour le faire apparaître, dit-il en se penchant vers Rachel. Ferme les yeux, et imagine que ces fameux sandwiches au chocolat sont devant toi sur une assiette. Ça va marcher. Promis.

Rachel ferma les yeux et se représenta les sandwiches. Elle les imagina coupés en petits triangles, avec une grosse couche de chocolat dégoulinant de chaque côté. Mais lorsqu'elle rouvrit les yeux, la table était vide.

– Je parie que tu as pensé aux sandwiches, mais que tu ne les as pas imaginés devant toi sur la table. C'est ça ?

Rachel hocha la tête.

– Vas-y, essaie encore, l'encouragea Morpeth.

Rachel s'exécuta et cligna des yeux en voyant apparaître deux sandwiches au chocolat qui n'attendaient plus que d'être dévorés.

Morpeth les regarda un instant.

– Pas mal, mais tu as oublié quelque chose.

Elle suivit son regard et vit que le pain était d'un gris indéterminé.

– Beurk, fit-elle. Ils ont l'air dégoûtants.

– Ils ne sont pas mauvais, dit Morpeth en mordant dans un gâteau à la crème. Tu as juste oublié de décider de quelle couleur tu voulais le pain. Tu le veux blanc, noir… ou argenté ? La magie ne peut pas savoir de quelle couleur tu veux ton pain. Toi seule le sais. Essaie encore.

Rachel choisit un pain blanc bien moelleux. Sans beurre, décida-t-elle. Mais avec des tonnes de chocolat. Cette fois, le pain avait l'air très appétissant.

– Ne t'énerve pas, lui dit Morpeth en croquant une pomme-caramel. Allez, goûtes-en un.

Délicatement, Rachel attrapa un des sandwiches dont elle prit une petite bouchée.

– Beurk ! fit-elle en le jetant sur la table. Ça a un goût horrible !

Morpeth éclata de rire, et ses rides se creusèrent autour de ses joues et de sa bouche.

– Ce n'est pas drôle, ronchonna Rachel.

– Ah, mais tu as encore oublié quelque chose !

– Ah bon ? Pourtant, je suis sûre d'avoir…

– Tu as oublié de penser au goût qu'allaient avoir ces sandwiches !

– Oh…

Rachel dut admettre qu'il avait raison. Elle s'empressa d'imaginer le goût du pain et du chocolat mélangés, puis mordilla un coin du sandwich.

Cette fois, il était parfait.

Morpeth prit l'autre sandwich.

– Je peux en prendre un bout ?

Rachel hocha la tête, tout en se demandant comment il arrivait à manger autant.

Il mordit une grosse bouchée qu'il savoura lentement.

– À s'en lécher les babines ! soupira-t-il. Je n'aurais pas fait mieux. Et maintenant, essaie autre chose. Pourquoi pas des fruits ?

Rachel fit apparaître une orange au milieu de la table. Puis elle fronça les sourcils en réfléchissant à ce qu'elle avait de bizarre.

– Regarde-la bien, dit Morpeth. Tu sais ce qui ne va pas. Inutile que je te le dise.

Rachel observa l'orange. Elle était ronde, la couleur était la bonne… Lentement, elle fit tourner l'orange, sous le regard admiratif de Morpeth. Et tout à coup, elle comprit ce qui n'allait pas : il manquait les petits pores qu'ont toutes les oranges. Celle-ci était lisse comme une pomme. Une seconde plus tard, elle fit apparaître les pores.

Morpeth attrapa l'orange et essaya, en vain, de la peler.

– Oh, j'ai oublié de faire la peau comme il faut ! s'exclama Rachel, furieuse de sa maladresse.

– Ça ne fait rien. Dis-moi ce que tu penses de mon prochain tour de magie.

Soudain, une pomme apparut au sommet de l'orange. Rachel plaça une banane par-dessus la pomme. Puis Morpeth ajouta une pêche sur laquelle Rachel mit un ananas. Et ils continuèrent ainsi à superposer des fruits jusqu'à ce que le haut de la pile atteigne le plafond.

– Comment se fait-il qu'ils ne tombent pas ? s'étonna Rachel.

– Parce que nous ne le voulons pas !

Morpeth glissa encore quatre bananes au milieu de la pile, et ils construisirent ensemble des tours de fruits improbables qui se ramifiaient de tous les côtés. Brusquement, Rachel éparpilla les piles et fit flotter tous les fruits au-dessus de leurs têtes. Morpeth cacha les bananes derrière les ananas et Rachel lança les melons contre le mur, éclaboussant de jus tout le sol.

Quelques instants plus tard, elle fit le bilan des dégâts.

– Je suppose qu'il va falloir nettoyer tout ça.

– On pourrait, dit Morpeth. À moins qu'on n'imagine que c'est déjà fait !

Ce que s'empressa de faire Rachel. En moins d'une seconde, la salle redevint exactement comme lorsqu'elle y était entrée.

– Est-ce que je peux aussi transformer la pièce ? demanda Rachel, qui n'avait plus envie de s'arrêter.

– Transforme ce que tu veux, l'encouragea Morpeth. Tu peux même tout changer !

Rachel prit son temps. Elle imagina que la pièce vide était une immense salle à manger, puis créa de la vaisselle et accrocha des lustres au plafond. Sur la table, elle fit apparaître des centaines d'assiettes, remplies de poulets rôtis, de pommes de terre, de maïs et de Yorkshire pudding.

« Quoi d'autre ? » se demanda-t-elle en essayant de garder toutes les assiettes de nourriture à l'esprit. Elle imagina que la pièce était tout en verre et remplie de poissons. Mais à quoi, exactement, allaient ressembler les poissons ? Auraient-ils une queue de poisson rouge ou de jeune chiot ? Une belle ou une vilaine bouche ? Rachel opta pour des poissons aux lèvres fines et bien rouges... avec de ravissantes boucles d'oreilles vertes qui pendaient au bout de leurs branchies.

Lorsqu'elle leva les yeux, la pièce était transformée. Elle se trouvait à présent dans une maison transparente en verre où des poissons frétillants nageaient en l'air. Mais elle fut encore une fois déçue : les boucles d'oreilles avaient viré au jaune. Elle les fit redevenir vertes.

Une seconde plus tard, elles repassèrent au jaune – comme si quelque chose d'autre les influençait. Rachel poussa un soupir et remarqua que tous les lustres et les assiettes de nourriture n'étaient plus là. Elle s'était concentrée si fort sur les poissons qu'elle avait oublié de garder le reste à l'esprit.

– Oh, décidément, je ne suis pas très douée.

Morpeth, l'air épuisé, faillit glisser de sa chaise.

– Ça va ? demanda Rachel d'un air inquiet.

– Oui, oui, ça va très bien, bredouilla-t-il. Je suis juste un peu fatigué, chère enfant-espoir.

Puis il la regarda fixement, avec une expression de surprise mêlée d'appréhension.

– Qu'est-ce que ça veut dire, enfant-espoir ?

– Rien, rien, répondit précipitamment Morpeth. Rien du tout.

Rachel contempla la Salle du Petit Déjeuner d'un air désolé, découvrant soudain les faiblesses de ses pouvoirs magiques. Plus rien n'était comme elle l'avait imaginé au départ. Les poissons eux-mêmes commençaient à avoir un air blasé et inconsistant depuis qu'elle avait cessé de se concentrer entièrement sur eux.

– Je suis nulle, dit-elle.

Morpeth regarda un poisson qui frétillait autour de ses genoux.

– Non. Cette pièce est... assez surprenante. Elle n'est pas parfaite, mais avec un peu de pratique, tu devrais l'améliorer. Tu es incroyablement douée.

Rachel rougit.

– Vraiment ?

– Mais oui ! À présent, il est temps de finir ton petit déjeuner. Je veux te montrer les jardins du Palais, et ensuite nous irons rendre visite à Dragwena.

– La femme-serpent que j'ai rencontrée hier ?

– Mmm, oui... mais c'est un nom qu'elle n'apprécie guère

– Désolée, fit Rachel en esquissant un sourire. Avant ça, est-ce qu'on peut jouer à d'autres jeux ?

– Plus tard, répondit Morpeth. Il faut d'abord que j'aille promener ma vieille carcasse. Voyons à quelle vitesse tu peux terminer ton petit déjeuner. (Soudain, une assiette de toasts entourés de plusieurs sortes de confitures apparut devant Rachel.) J'espère que tu aimes la confiture !

– Oh, je suis trop excitée pour manger. Je sais ce que je vais faire... Je vais imaginer que j'ai le ventre plein !

Instantanément, elle sentit les toasts et la confiture lui caler l'estomac.

Tous deux regardèrent l'assiette vide avant de partir d'un grand éclat de rire.

6. Le voyage dans le ciel

Morpeth conduisit Rachel le long d'un escalier en pierre qui partait de la Salle du Petit Déjeuner. Il s'arrêta devant une grande porte ronde en métal bruni. Elle était entièrement lisse, ne comportant ni poignée ni serrure.

– C'est la porte qui mène au jardin ? demanda Rachel.

– Oui.

Morpeth approcha la paume de sa main de la surface métallique, et la porte s'ouvrit en silence.

Rachel le regarda attentivement.

– Tu viens de faire appel à la magie, n'est-ce pas ?

Morpeth hocha la tête.

– Pourquoi avez-vous besoin d'une grande porte à ouverture magique pour aller dans le jardin ?

– Parce que, dehors, le danger rôde, répondit Morpeth. Tu te souviens des griffes noires ? Il y a aussi d'énormes loups, avec des yeux jaunes et des dents plus grandes que ton visage.

Il se fendit alors d'un sourire.

– Tu ne voudrais quand même pas qu'ils entrent et viennent te mordre pendant que tu dors ?

Rachel recula d'un pas, soudain effrayée.

– Je n'ai pas envie de sortir.

– N'aie pas peur, la rassura Morpeth. Les loups ne sortent dans le jardin que pendant la nuit.

Rachel jeta un coup d'œil prudent derrière la porte Un tapis scintillant de neige gris pâle recouvrait l'herbe. Au loin miroitait un lac gelé, entouré d'arbres aux feuilles triangulaires. Mais elle n'aperçut aucun loup aux yeux jaunes. Se cachaient-ils derrière les arbres ? Et si, juste en y pensant, elle faisait apparaître un loup en chair et en os ? se demanda-t-elle tout à coup.

– Je vais te prouver que ça ne risque rien, dit Morpeth.

Il courut dans le jardin, fit la roue en décrivant un grand cercle et cria de sa voix bourrue :

– Loup, loup, y es-tu ? J'ai un gros ventre bien gras, si tu veux me manger !

Timidement, Rachel avança d'un pas, puis se précipita vers Morpeth et s'agrippa à lui.

– Viens, dit-il. On va faire la course jusqu'au lac !

Rachel courait vite, mais les petites jambes courtaudes de Morpeth allaient à une vitesse étonnante.

– Tu ne me rattraperas jamais ! cria-t-il. Je suis plus vif que le vent, plus rapide qu'un chat, et je cours tellement vite qu'on ne dirait pas que je suis gros et gras !

Il fit des zigzags à travers le jardin, les bras déployés.

Rachel n'arrivait pas à le rattraper, mais elle savait qu'elle pouvait quand même gagner. Repensant à son voyage entre les mondes, elle s'imagina tout simplement en train d'atterrir au bord du lac. Il y eut un bref bruissement d'air, puis elle se posa en douceur sur la rive. Morpeth arriva en titubant et faillit s'écrouler sur elle.

– Co… comment as-tu fait ça ? bégaya-t-il en se laissant tomber près d'une souche d'arbre en forme de champignon.

– Facile. Je me suis contentée de penser, comme tu me l'as montré.

Morpeth secoua vigoureusement la tête.

– Mais non, je ne t'ai jamais montré ça ! Je n'ai pas pu t'apprendre à te transporter d'un endroit à un autre… Même moi je n'y arrive pas… Dragwena est la seule à pouvoir faire ça !

– Ça n'a pourtant rien de difficile. Je l'ai déjà fait.

– C'était entre les mondes ! Dragwena utilise une magie spéciale pour aider les enfants qui arrivent sur Ithrea. Mais cette fois, tu l'as fait toute seule !

Il observa Rachel un instant, le regard émerveillé.

– Tu es vraiment l'enfant-espoir.

– Je suis quoi ? Tu m'as déjà dit ça, mais qu'est-ce que ça veut dire ? Qui est cet enfant-espoir ?

– Eh bien… (Morpeth se ravisa et changea d'expression.) Ça veut dire que tu es la petite fille la plus rusée que j'aie jamais rencontrée ! C'était très malin de ta part de me jouer ce petit tour ! Viens, allons faire du patin sur le Lac Ker.

D'un bond, il s'élança sur la glace et effectua une glissade sur des patins rouge vif.

– Youpi ! s'exclama Morpeth en décrivant des cercles parfaits sur une jambe, viens me rejoindre, Rachel. C'est fabuleux !

Très vite, elle imagina des patins roses à ses pieds, et ils exécutèrent un joyeux duo sur le lac gelé, comme s'ils s'entraînaient ensemble depuis des années.

Quelque temps plus tard, ils regagnèrent la rive pour se reposer. Le Palais les dominait de toute sa hauteur. Derrière les hauts murs d'enceinte, des centaines de fines colonnes noires et des remparts percés de minuscules fenêtres aux formes bizarres se dressaient vers le ciel. Les contours austères et anguleux avaient quelque chose de menaçant et la pierre absorbait la lumière du jour comme si elle l'avait en horreur. Au milieu du Palais, une gigantesque tour élancée dépassait toutes les autres, semblable à une aiguille géante qui transperçait le ciel. Au sommet se trouvait une grande fenêtre verte en forme de… Rachel ne savait pas vraiment comment la décrire. On aurait dit un œil. Où donc avait-elle déjà vu cette forme ?

– Qui a construit ce Palais ? demanda-t-elle. Il a l'air tellement vieux et tellement sinistre…

Morpeth haussa les épaules.

– Il a été bâti il y a de nombreuses années. C'est tout ce que je sais.

Il en savait pourtant plus, beaucoup plus que ce qu'il voulait bien dire. Il y avait des milliers d'années que Dragwena l'avait construit, lorsqu'elle était arrivée sur Ithrea. Il ignorait comment la Sorcière s'était retrouvée là, c'était un secret qu'elle n'avait jamais confié à personne. Ce qu'il savait, en revanche, c'était que Dragwena détestait ce monde, tout comme elle détestait les enfants qu'elle avait enlevés sur la Terre pour en faire ses esclaves – bien qu'elle continuât à en faire venir, comme si elle cherchait quelque chose qui resterait incompréhensible à tout jamais.

Une nuit, il y avait de cela de longues années, Dragwena avait emmené Morpeth dans la tour-œil. Elle avait pris un malin plaisir à lui expliquer comment chaque pierre de chaque pan de mur avait été transportée des montagnes à la main – les petites mains pleines d'ampoules de plusieurs générations d'enfants. La tâche avait nécessité des siècles de labeur et la plupart des enfants étaient morts de faim ou de froid en transportant les pierres dans la neige ou étaient tombés du haut des tours. Cette histoire avait duré d'innombrables jours et d'innombrables nuits. Dragwena, qui avait une mémoire parfaite et intemporelle, se souvenait de la façon exacte dont avait péri chaque enfant. Et tout en obligeant Morpeth à souffrir par le récit de ses actions, elle le forçait à exécuter ses ordres impitoyables.

Morpeth soupira en songeant à Eric. En ce moment, il était en compagnie de la Sorcière qui lui faisait passer des épreuves. Ce garçon possédait une qualité peu commune. Une force, un don, très différent toutefois de celui de Rachel. Dragwena l'avait immédiatement senti. Si les capacités d'Eric se révélaient sans intérêt, elle s'en apercevrait très vite et se débarrasserait de lui, Morpeth le savait. Le garçon était même peut-être déjà mort. Que devait-il faire de Rachel? Comment cacher ses dons exceptionnels à la Sorcière? À cet instant même, elle observait probablement chacun de leurs faits et gestes du haut de la tour-œil.

Rachel avait vu les jardins du Palais recouverts de neige et le paysage environnant. Aux alentours, les seuls bâtiments consistaient en de simples cabanes disséminées ici et là autour desquelles s'affairaient des petites silhouettes bossues, semblables à celle de Morpeth. Dans le lointain se dressaient de hauts sommets déchiquetés.

– Ces montagnes sont loin? demanda Rachel.

– Ah, les Monts Déchiquetés ! dit Morpeth en se levant. Si on allait les voir ? Volons jusque là-bas pour y jeter un coup d'œil.

Rachel gloussa.

– Mais comment ? Nous n'avons pas d'ailes.

– Oh, vraiment ? Eh bien, nous n'avons qu'à les imaginer !

Rachel s'attendit à voir pousser des ailes au bout de ses bras. Morpeth, quant à lui, se contenta de regarder au loin.

– Aujourd'hui, je crois que je vais voler sur un aigle de mer géant, dit-il. Regarde… le voilà !

Rachel suivit le regard de Morpeth qui scrutait le ciel hivernal d'un blanc laiteux. Tout au loin, très bas à l'horizon, un point minuscule fonçait vers eux mais il devint de plus en plus gros, si bien qu'elle distingua bientôt ses ailes, puis une tête blanche toute pointue et enfin des serres incurvées qui s'enfoncèrent près d'eux dans la neige, faisant paraître Morpeth encore plus petit que d'habitude.

Le nain grimpa d'un bond agile sur son dos.

– Viens, Rachel, allons-y !

Le grand oiseau s'élança vers le ciel blafard.

– Hé, attends-moi ! cria Rachel.

– Tu sais comment faire. Dépêche-toi, si tu ne veux pas que je sois le premier arrivé aux montagnes !

Rachel se concentra. Quel était l'oiseau le plus majestueux ? Un autre aigle ? Une colombe ? Dans sa tête se forma l'image d'un grand hibou blanc tacheté de jaune qui sortit de sous la neige. Sans même attendre que le hibou soit tout à fait formé, elle sauta sur son dos et agrippa les plumes de son cou. En quelques secondes, Rachel monta en flèche à plusieurs centaines de mètres au-dessus du Palais, et le vent glacé lui fouetta les cheveux.

– Je vais te rattraper ! Je vais te rattraper !

Obéissant à ses ordres, le hibou blanc rattrapa rapidement l'aigle de Morpeth. Chevauchant côte à côte leurs oiseaux magiques, ils échangèrent un sourire, le cou tendu pour regarder devant eux.

– Survolons le Palais, suggéra Rachel.

– Non ! Cap sur les montagnes ! Faisons la course !

L'aigle de Morpeth fila en montant vers le ciel.

– Tu ne peux pas voler plus vite que moi ! s'écria Rachel.

– Essaie donc de me rattraper ! Utilise ta magie !

Au bout de quelques minutes, ils descendirent en piqué vers les montagnes, plongeant au creux des vallées et remontant au-dessus des plus hauts sommets.

Rachel voulait à tout prix arriver la première. Elle chuchota à son hibou qu'il était plus rapide que tous les aigles, la créature la plus rapide qui eût jamais volé, impossible à rattraper, et fila vers l'immensité du ciel. Morpeth la rejoignit sans difficulté. À plusieurs reprises, Rachel tenta de le distancer, mais chaque fois, il parvenait à s'adapter à sa vitesse.

– Pourquoi est-ce que je n'arrive pas à rester devant ? se plaignit-elle dans le vent.

– Parce que je peux toujours imaginer que je te rattrape !

– Alors, je vais imaginer que tu ne pourras jamais me rattraper ! susurra Rachel à l'oreille du hibou qui accéléra l'allure.

– Il me suffit d'imaginer que je pourrai toujours te rattraper, si vite que tu parviennes à voler ! s'esclaffa Morpeth en arrivant près d'elle. Pourrais-tu imaginer une chose que je ne puisse jamais imaginer ? Le pour-rais-tu, Rachel ?

Pendant qu'elle réfléchissait à la question, Morpeth tendit la main pour lui montrer un croissant de terre qui brillait en contrebas.

– Regarde ! s'émerveilla-t-il. Un océan de glace !

À l'est, tout était recouvert de neige grise à l'infini, dans une monotonie que seules venaient rompre les tours du Palais. Au sud, quelques taches noires, qui étaient sans doute des forêts, étaient regroupées sous la neige. Mais où étaient tous ces enfants dont Morpeth avait parlé ? se demanda Rachel. Y avait-il des villes enfouies sous la neige ? Pouvait-elle voler jusqu'à l'endroit où ils vivaient ? Arriverait-elle à... Tout à coup, Rachel sursauta et oublia les enfants.

Elle venait d'apercevoir les tempêtes-tourbillons.

Elles étaient au nombre de huit, d'immenses oura-gans qui se tortillaient deux par deux aux quatre coins du monde. Rachel vola plus haut pour entrer dans l'air plus léger et les observer de l'intérieur. Rien de ce qu'elle avait vu jusqu'alors n'aurait pu la préparer à la taille impressionnante de ces tourbillons de vent hur-lant. Les nuages noirs qui s'échappaient au sommet se dispersaient horizontalement sur la planète d'Ithrea, déversant dans chaque direction des flocons de neige tels des soupirs haineux. Et l'intérieur de chaque tour-billon était zébré d'éclairs, traversé par une succession ininterrompue de coups de tonnerre qui déchiraient le ciel comme le flash gigantesque d'un appareil photo.

Rachel respira profondément en s'efforçant de tout observer. Quel genre de monde était donc Ithrea ? Soudain, elle eut envie de couleur – de n'importe quelle couleur. Ici, il n'y en avait aucune. Le ciel était d'un blanc sale, et la neige, grisâtre. Le soleil lui-même ne luisait que faiblement ; il ne diffusait quasiment aucune chaleur, et Rachel pouvait le regarder en face sans plisser les yeux. Un monde monochrome, songea-t-elle. Un monde hivernal. Comme une photo en noir et blanc. Elle se tourna vers Morpeth, dont les yeux bleus étincelaient dans la blancheur du ciel.

– Est-ce qu'il neige tout le temps ? lui cria-t-elle en se mettant soudain à trembler.

– Bien sûr.

« C'est ce que veut Dragwena », pensa-t-il avec amertume, sentant que Rachel n'était pas encore prête à en connaître la raison.

– Bon, dit Morpeth, il est temps de retourner au Lac Ker. On ne peut pas passer toute la journée à voler.

– On fait encore la course ?

– Pourquoi pas ? Tu n'as pas encore réussi à me battre !

Il gratta la nuque de son aigle de mer qui piqua tout droit vers le lac. Rachel n'essaya même pas de le dépasser. Elle se contenta de s'imaginer déjà sur la rive.

Mais elle se retrouva subitement en train de planer près de la plus haute tour du Palais, juste devant la fenêtre-œil verte.

Derrière la vitre, à quelques mètres de là, se tenait Dragwena.

La Sorcière regarda Rachel en caressant son collier-serpent. À son tour, Rachel lui jeta un regard incertain, sentant bien que quelque chose n'allait pas.

– Éloigne-toi ! ordonna-t-elle à son hibou en se cramponnant à son cou.

Au lieu d'obéir, l'oiseau se rapprocha de la fenêtre

et s'arrêta à quelques centimètres de la vitre. La Sorcière sourit, pressa ses lèvres contre le carreau et envoya à Rachel... un baiser.

Aussitôt, une rafale de vent repoussa le hibou et Rachel l'empoigna par les plumes du cou pour ne pas perdre l'équilibre.

– Emmène-moi loin d'ici ! lui cria-t-elle.

Lentement, le hibou tourna son énorme tête et ouvrit tout grand son bec.

– Non, pas ça ! cria-t-elle, comprenant ce qu'il s'apprêtait à faire.

Le hibou tourna encore un peu la tête, lui mordilla les mains... puis la désarçonna.

Rachel poussa un hurlement en s'agrippant désespérément à la queue de l'oiseau...

Puis dégringola dans le vide.

Le vent était glacial. Du coin de l'œil, elle aperçut une autre grande tour dont la pointe aiguisée s'apprêtait à l'empaler.

Elle ferma très fort les yeux en repensant à ce qu'elle avait fait pour ralentir sa chute entre les deux mondes. Mais si la chute entre les mondes avait été interminable, elle ne disposait cette fois que de quelques secondes pour décider quoi faire.

Elle allait céder à la panique lorsqu'une idée lui traversa l'esprit, ou plutôt une image – celle d'une plume, une plume blanche minuscule qui se laissait flotter en tombant doucement vers le sol. S'accrochant de toutes ses forces à cette idée, Rachel imagina qu'elle allait se faire toute petite, toute légère, et qu'elle allait descendre tranquillement en virevoltant au gré du vent.

Quelques instants plus tard, elle se décida à ouvrir un œil. Ballottés par le vent, d'énormes flocons de neige l'entouraient et l'entraînaient dans leur chute, le ciel n'était plus qu'un rideau de grisaille, et les cristaux anguleux s'écrasaient sur elle en une eau sombre et glacée.

Soudain, Rachel comprit pourquoi les flocons étaient si gros : c'était parce qu'elle était devenue toute petite, une plume minuscule ! Son nouveau corps dérivait entre les flocons, prisonnier des vents. Quelques instants plus tard, elle atterrit en douceur sur une corniche. Lorsqu'une rafale la souleva de nouveau, elle chevaucha le vent, et d'étranges sensations traversèrent son nouveau corps qui ne pesait pratiquement plus rien.

Emportée de-ci de-là, elle continua à descendre en compagnie des énormes flocons.

Alors, à travers l'écran de neige, elle vit une silhouette foncer vers elle.

– Morpeth ! Morpeth ! cria-t-elle.

Ses doigts de géant se refermèrent sur la plume, plongeant Rachel dans un univers obscur. Bien à l'abri dans la chaleur de sa main, elle attendit. Quelques instants plus tard, Morpeth la déposa sur la neige au bord du Lac Ker, et elle le vit prononcer trois mots de toute sa hauteur.

Peu à peu, Rachel sentit ses mains réapparaître. Puis des bras poussèrent de ses épaules, des lèvres passèrent devant elle... et une Rachel complètement gelée tituba en frissonnant dans la neige.

– Oh, Morpeth... que s'est-il passé ? La femme-serpent était là. Elle m'a envoyé un baiser et...

– Je sais, je sais, dit le vieux nain en repoussant une mèche humide sur sa joue. Mais tu ne risques plus rien. Promis.

Morpeth la ramena au Palais devant la grande porte en métal. Cette fois encore, il l'ouvrit à l'aide de ses pouvoirs magiques. Mais Rachel était trop bouleversée pour le remarquer. Comment toutes ces choses avaient-elles pu lui arriver ? La femme étrange, Morpeth, la Salle du Petit Déjeuner, le hibou, sa métamorphose en plume… Comment tout ceci pouvait-il être vrai ?

– Est-ce que je rêve ? demanda-t-elle. Est-ce que je vais me réveiller dans une minute et devoir partir à l'école ?

– J'aimerais bien que ce soit le cas, murmura Morpeth. Ou être moi-même en train de rêver.

– Je veux aller retrouver Eric et partir d'ici. Je veux rentrer chez moi !

Morpeth garda le silence. Il l'escorta jusqu'à la Salle du Petit Déjeuner où des vêtements secs l'attendaient. Pendant qu'elle s'habillait, Rachel remarqua que la pièce était exactement comme elle l'avait vue la première fois. Les jolis poissons à boucles d'oreilles avaient disparu.

Morpeth la fit asseoir.

– Rachel, dit-il d'une voix légèrement tremblante, je sais que tu as peur, mais il va falloir être courageuse.

Elle hocha la tête, sans comprendre vraiment où il voulait en venir, mais pleine de confiance à son égard.

– Ce que tu viens de faire là, reprit-il, c'est changer de forme. Tu t'es métamorphosée en quelque chose de différent.

– En plume.

– Oui, mais ça ne devrait pas être possible. Dans ce monde-ci, une seule personne possède ce pouvoir.

– Dragwena… Je parie qu'elle y arrive.

– Oui.

Morpeth se pencha et prit les mains de Rachel dans les siennes.

– Dans un instant, je vais devoir t'emmener dans la tour-œil. Dragwena va te faire subir un examen très sévère. Je ne peux pas te dire de quoi il s'agit, car cela reviendrait à me trahir. Ça n'aura pas l'air d'être un test, ça arrivera par surprise, et je ne serai pas en mesure de t'aider. Fais de ton mieux. J'essaierai de te protéger si je le peux.

– Je ne comprends pas, dit Rachel. Tu viens de me sauver la vie… Je sais que tu m'aideras.

Des larmes inondèrent les joues creusées de Morpeth. Il savait qu'il en avait déjà trop dit sur ce qui allait se passer dans la tour-œil.

Lorsqu'il amènerait l'enfant à la Sorcière, il devrait avoir l'air brutal – Dragwena le surveillerait attentivement, et d'autres observeraient en chemin ses moindres mouvements.

– Qu'est-ce que tu as ? s'inquiéta Rachel. Ne pleure pas. Je vais très bien. Je me sens beaucoup mieux. Pourquoi es-tu inquiet ? De quel genre d'épreuve s'agit-il ?

Elle sentit soudain Morpeth retirer ses mains.

– Je n'ai pas envie de passer d'épreuve. J'ai peur.

Morpeth resta assis là, la tête cachée derrière ses vieux doigts noueux. Il respirait profondément et, l'espace d'un instant, son corps se figea dans une immobilité presque surnaturelle. Lorsqu'il redressa la tête, ses yeux avaient perdu toute lueur amicale. Et quand il prit la parole, ce fut d'une voix différente, beaucoup plus dure qu'avant.

– Dragwena nous appelle. Dépêchons-nous.

– Je refuse d'aller voir cette femme, protesta Rachel. Elle a ordonné au hibou de me mordre. Où est Eric ? Je veux savoir ce qui...

– Tais-toi !

Rachel se glaça d'effroi.

– Morpeth, qu'est-ce qui ne va pas ?

– Viens, grommela-t-il en la tirant par la main. Fini de rire et de s'amuser. Il est temps de voir ce que tu vaux réellement, enfant-espoir !

7. L'épreuve de Rachel

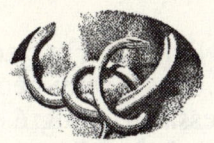

Morpeth emprunta plusieurs passages sombres et tortueux en tenant Rachel fermement par le poignet et en la forçant à courir.

– Lâche-moi ! protesta-t-elle en voulant se libérer. Je croyais que tu étais mon ami.

Il éclata de rire et la tira le long d'un escalier monumental qui grimpait vers la tour-œil. Rachel ne comprenait pas ce qu'elle avait fait de mal. Pourquoi Morpeth se comportait-il ainsi alors qu'il avait promis de l'aider ?

Il s'arrêta devant une grande porte voûtée, gardée par deux soldats armés d'un poignard. Sur la porte, il y avait une poignée à tête de serpent, la gueule grande ouverte, prêt à mordre.

– Il n'est pas question que j'aille voir Dragwena, déclara Rachel. Je ne la verrai pas tant que je ne serai pas certaine qu'Eric va bien.

– Tais-toi un peu !

– Arrête de me dire ce que je dois faire, riposta Rachel. Je ne t'obéirai pas ! Et d'abord, pourquoi me parles-tu sur ce ton ?

Morpeth sourit.

– Tu vas très vite le savoir.

La porte s'ouvrit, et Rachel aperçut une immense salle plongée dans le noir.

– À présent, à toi de te débrouiller, dit Morpeth. Garde ton esprit en éveil, sinon tu ne ressortiras pas vivante d'ici.

Puis il la poussa à l'intérieur et claqua la porte.

Clignant des yeux dans la semi-pénombre, Rachel fit un effort pour se ressaisir. Malgré elle, elle se sentit attirée à l'autre bout de la salle, où une fenêtre verte en forme d'œil dominait les bâtiments du Palais. Dragwena était devant la fenêtre et regardait dehors.

– Entre, dit la Sorcière sans se retourner. (Sa voix était chaude et accueillante.)

Rachel fit quelques pas dans sa direction... et se figea sur place. La tête d'Eric, profondément endormi, dépassait des couvertures d'un petit lit.

– Qu'est-ce que tu lui as fait ? (Rachel secoua son frère pour le réveiller, mais il n'eut aucune réaction.) Si tu lui as fait du mal...

Dragwena partit d'un grand éclat de rire.

– Je veux rentrer chez moi ! tonna Rachel. Réveille mon frère et laisse-nous partir !

Quand Dragwena se retourna, Rachel vit qu'elle tenait une boîte à la main. Un objet noir, lisse et très mince qui faisait du bruit.

– J'ai un cadeau pour toi, dit la Sorcière.

– Je me fiche de ton cadeau. Dis-moi plutôt ce que tu as fait à mon frère !

Elle perçut alors un sifflement en provenance de la boîte. Instantanément, elle éprouva le désir irrésistible de l'ouvrir.

– Qu'est-ce que c'est ? demanda-t-elle en oubliant soudain Eric. Oh, s'il te plaît, donne-le-moi !

La Sorcière sourit et lui lança la boîte.

Rachel l'attrapa au vol, puis la retourna plusieurs fois, impatiente de découvrir ce qu'elle contenait.

– Comment dois-je m'y prendre ? Je n'arrive pas à l'ouvrir ! Je n'y arrive pas !

– Ta magie ne serait-elle pas assez puissante, chère petite ?

Serrant la boîte sur sa poitrine, Rachel tira de toutes ses forces sur le couvercle en imaginant qu'il allait enfin s'ouvrir. Il y avait sûrement quelque chose de merveilleux à l'intérieur et elle était convaincue que cette chose allait disparaître si elle ne l'ouvrait pas très vite. Elle s'attaqua successivement aux quatre coins de la boîte et, brusquement, le couvercle céda, mais elle serrait la boîte si fermement que le contenu se répandit sur le sol. En baissant les yeux, elle découvrit un échiquier sur plusieurs niveaux.

« Ce n'était que ça ? » se dit-elle, terriblement déçue.

Mais ce qu'elle vit alors la fit changer d'avis : sur l'échiquier étaient posés des serpents. L'un d'eux traversa plusieurs cases en rampant pour rejoindre le centre de l'échiquier. Un deuxième serpent, plus gros, se déroula et posa sa tête sur la première rangée. Les autres serpents – ils étaient sept au total – se tortillèrent à leur tour pour aller prendre leur place. Une fois installés, ils ouvrirent leurs gueules en agitant leur langue fourchue. Quatre échelles étaient intercalées entre eux : trois minuscules et une autre, plus grande, posée en diagonale entre la troisième case du bas et la rangée du haut, à deux cases de la fin.

- Ton cadeau te plaît ? demanda Dragwena.

Rachel fit un sourire incertain.

La Sorcière s'agenouilla près de l'échiquier.

– Nous allons jouer à un jeu. J'adore les jeux.

Deux pions sortirent fièrement de derrière la chaise où ils avaient roulé en tombant de la boîte. Le vert se précipita vers Dragwena. Le bleu sauta dans la main de Rachel.

– À toi de commencer, dit Dragwena.

Rachel hocha la tête, fascinée, incapable de quitter les serpents des yeux. Au premier lancer de dé, elle fit un trois. Ce qui lui permit d'aller se placer sur la plus longue échelle, puis de poser son pion sur la case numéro quatre-vingt-dix-huit.

– Quelle chance ! commenta Dragwena. Si tu joues aussi bien que ça, je vais avoir du mal à te battre... (Elle joua à son tour, obtint le chiffre un, et poussa un soupir.) Je suis nulle, dit-elle, reprenant les mots que Rachel avait prononcés dans la Salle du Petit Déjeuner en imitant parfaitement sa voix.

Rachel leva un regard inquiet sur Dragwena. Il ne s'agissait pas d'un jeu ordinaire, elle l'avait deviné. Était-ce l'épreuve dont Morpeth lui avait parlé ?

– Que se passera-t-il si je gagne ? demanda-t-elle timidement.

– Que voudrais-tu qu'il se passe ?

– Que je rentre chez moi, répondit Rachel. Qu'on rentre tous les deux. C'est tout ce que je veux.

– Tu n'as qu'à faire un deux. C'est tout ce dont tu as besoin. Et ensuite, tu pourras retourner chez papa et maman.

– Promis ?

Cette fois, Dragwena imita la voix de Morpeth.

– Mais bien sûr ! Tu n'as pas confiance en moi ?

Rachel ne répondit pas. Elle ramassa le dé qu'elle frotta contre l'intérieur de son pouce.

– Et que se passera-t-il si je perds ?

– Ça dépend. Tout dépendra de l'appétit des serpents aujourd'hui. Continue à jouer. Si tu refuses, je punis Eric.

Le cœur de Rachel bondit dans sa poitrine.

– Tu as peur ? demanda Dragwena avec douceur, comme si tout ce qui se passait n'avait rien d'extraordinaire.

– Évidemment que j'ai peur ! Pourquoi est-ce que tu m'obliges à faire ça ?

– J'ai mes raisons. Allons, assez perdu de temps. (Son visage prit alors les traits d'Eric.) Ne la laisse pas me faire du mal, gémit la voix du garçon.

Rachel envisagea un instant de courir jusqu'à la porte avant de se rappeler qu'il y avait des soldats en faction dans le couloir.

– Si je décide de te tuer, je n'aurai besoin de l'aide d'aucun soldat, murmura Dragwena.

La main de Rachel se mit à trembler. Incapable de soutenir le regard de la Sorcière plus longtemps, elle se détourna en pressant le dé contre sa paume.

« Il faut à tout prix que je fasse un deux ! » Elle se concentra le plus fort possible, comme Morpeth le lui avait appris, puis lança le dé qui rebondit sur l'échiquier.

Deux petits points noirs pointaient en l'air.

– J'ai gagné ! J'ai gagné ! s'exclama Rachel.

– Ce n'est pas aussi simple que ça, rétorqua Dragwena.

Elle effleura le front de Rachel, qui se retrouva instantanément réduite à la taille d'un ongle, la souleva et la posa au centre de l'échiquier.

– Maintenant, nous allons voir si tu es aussi forte que tu le crois, dit la Sorcière. Fais attention. Les serpents de la mort vont venir te chercher !

À ces mots, l'un des serpents, dont la tête était maintenant deux fois plus grosse qu'elle, se rua vers Rachel. Elle traversa l'échiquier en courant. Un autre serpent se tourna alors vers elle. Elle sauta par-dessus son cou en hurlant et fila se réfugier dans un angle. Le propre serpent de Dragwena se déroula à toute vitesse et déploya son corps énorme autour de l'échiquier pour former une muraille qui lui barrait le passage.

– Que puis-je faire ? s'écria Rachel. Ce n'est pas juste !

– Si tu atteins la dernière case, tu peux encore gagner la partie. Mais ce qui t'attend ne te plaira peut-être pas…

Rachel voyait très bien de quoi elle voulait parler : le plus gros des serpents était tapi sur la dernière case. Pour passer, elle devrait entrer dans sa bouche.

– Au secours ! cria Rachel en se précipitant en haut de l'échiquier pour échapper à un autre serpent qui zigzaguait vers elle.

– Il te reste encore une chance, dit Dragwena. En utilisant les échelles. Dépêche-toi, les serpents s'impatientent !

Rachel redescendit sur la troisième case dans l'espoir que l'échelle la laisserait monter. Mais cela ne changerait rien : les serpents continuaient à ramper vers elle et à la poursuivre sans relâche. Titubant, elle courut dans tous les sens en sautant par-dessus leurs dos arc-boutés, mais ils ne lui laissèrent aucun répit. Au bout d'un moment, elle n'eut plus la force de leur échapper, ils se rapprochèrent et la coincèrent dans un angle. Lorsqu'ils ouvrirent leurs mâchoires, Dragwena soupira, l'air agacé et vaguement ennuyé.

Rachel se tenait face aux serpents. Terrifiée, elle essaya encore une fois de comprendre ce que Dragwena avait voulu dire en parlant des échelles. Et subitement, en désespoir de cause, une idée lui vint à l'esprit.

Elle fixa les serpents et murmura :

– Stop !

Ils s'immobilisèrent, leurs langues fourchues à quelques millimètres de son corps.

Alors elle s'adressa à l'ensemble des reptiles :

– Allez manger le serpent qui est sur la dernière case.

Ils obéirent sans broncher. Après une lutte acharnée, le plus gros fut finalement étouffé et englouti. Il n'en restait plus que deux vivants sur l'échiquier.

Rachel se tourna vers l'un d'eux.

– Déplace l'échelle sur la case numéro cent.

Le serpent rampa en bas de l'échiquier, prit l'échelle entre ses crochets et la déposa sur la dernière case.

Calmement, Rachel gravit les barreaux jusqu'à la dernière case, mit les poings sur les hanches et regarda Dragwena d'un air de défi.

La Sorcière soutint son regard. Quelle façon elle avait de la fixer ! Sa respiration était irrégulière, et elle regardait tour à tour Rachel et les serpents morts.

Mais Rachel ne lui laissa pas le temps de réagir.

– Attaquez-la ! ordonna-t-elle aux deux serpents survivants.

Ils bondirent de l'échiquier, prêts à se jeter à la gorge de Dragwena, mais le serpent de la Sorcière s'interposa et les avala tout crus.

– Co… comment as-tu fait ça ? s'étonna la Sorcière, abasourdie. Tu ne devrais pas pouvoir triompher des serpents ! Aucun enfant n'en a jamais été capable ! (Et tout à coup, elle bondit de joie.) Tu es bien celle que j'attendais ! Après tout ce temps… (Alors, elle se pencha vers Rachel et lui caressa la tête pour la ramener à sa taille normale.) Oh, Rachel, Rachel…, s'écria-t-elle en la serrant sur sa poitrine, pardonne-moi. Il fallait que je te mette à l'épreuve. Si tu savais depuis combien de temps je t'attends…

Rachel la repoussa.

– Laisse-moi. Ne t'approche pas de moi !

Dragwena se retourna, le regard triomphant.

– Pour l'instant, tu me hais, mais bientôt, tu apprendras à adorer tout ce que je suis. Ensemble, nous régnerons sur Ithrea, mais aussi sur ton monde.

– Tu avais promis de nous laisser partir si je gagnais. Tu me l'avais promis !

– Eh bien, j'ai menti ! Je n'ai jamais tenu aucune promesse faite à un enfant, et jamais je ne le ferai.

Rachel décocha un violent coup de pied à la Sorcière qui, surprise, fit un pas en arrière. Quatre rangées de dents surgirent brièvement, prêtes à mordre. Dès qu'elle eut compris que Rachel avait vu ses dents, elle laissa tomber son visage de jolie femme. Les yeux tatoués qui regardaient Rachel étaient sans expression.

– Tu ne devrais pas me mettre en colère, l'avertit Dragwena. Je pourrais te détruire en moins d'une seconde.

Rachel recula, horrifiée par la véritable apparence de la Sorcière.

– Que veux-tu faire de moi et d'Eric ? Qui es-tu ?

– Une sorcière, murmura Dragwena. Et, bientôt, tu

en seras une toi aussi. Une sorcière extrêmement puissante.

– Quoi ? Ah, non, sûrement pas. Tu es… Comment oses-tu nous retenir ici et nous faire jouer à des jeux pareils ? Mais peu importent tes raisons. Inutile de compter sur moi.

– Mon enfant, répliqua Dragwena, crois-tu avoir le choix ? À partir de maintenant, tu seras toujours à mes côtés.

Rachel se sentit envahie d'une bouffée de haine.

– Laisse-moi partir !

– Dans un moment, répondit Dragwena. Tu es fatiguée. Il faut d'abord que tu te reposes. Après quoi, nous verrons.

De façon inexplicable, Rachel se mit à bâiller. Pour une raison qui lui échappait, elle se sentait en effet extrêmement lasse. Elle tenta de résister, sachant que la Sorcière était seule responsable de cette soudaine fatigue.

– Tes paupières sont lourdes, dit la Sorcière. Tu peux à peine les garder ouvertes.

Rachel battit des cils, puis ferma les yeux. Au prix d'un effort gigantesque, elle réussit malgré tout à les rouvrir.

– Je ne suis pas fatiguée du tout, dit-elle en bâillant de plus belle. Je suis complètement réveillée. Je n'ai aucune envie de dormir. Et je ne dormirai pas.

– Mets-toi au lit avec Eric, dit la Sorcière. Je sais que c'est ce que tu veux.

Malgré elle, Rachel se retrouva en train de se glisser sous les draps.

– Je ne suis pas fatiguée, dit-elle faiblement. Je ne ferai pas ce que tu me demandes.

– Repose-toi bien, dit la Sorcière. (Puis elle remonta la couverture sur les épaules de Rachel et l'embrassa sur la joue.) Je te promets que tu vas faire de très beaux rêves.

Le visage de Rachel s'enfonça mollement dans l'oreiller.

– Je ne suis pas fatiguée… pas… fa… ti… guée…

Une seconde plus tard, elle dormait à poings fermés.

Pendant que Rachel dormait, Dragwena fouilla sa mémoire afin de créer un sommeil-rêve, étape indispensable à la transformation de Rachel en sorcière. Depuis qu'elle était sur Ithrea, elle n'avait encore jamais jeté un sortilège aussi puissant. Agirait-il sur Rachel ? Parmi les innombrables enfants arrivés ici, certains s'étaient révélés très doués, comme Morpeth, mais aucun n'avait manifesté la puissance magique de Rachel. Parviendrait-elle à contrôler cette enfant ? Déjà, elle le sentait, son pouvoir s'amplifiait. Si elle agissait vite, elle pourrait la modeler à son gré. Tremblant d'excitation, Dragwena passa en revue les différentes couches qui composaient sa mémoire. Lentement, avec beaucoup de précautions, elle sélectionna des souvenirs de son passé, des haines, des peurs et des désirs, divers événements et sentiments qui allaient s'emparer de l'esprit de Rachel, la conditionner et la préparer à son nouveau destin.

Une fois le sommeil-rêve mis en place, Dragwena se tourna vers Eric. Elle devinait en lui un pouvoir auquel elle n'avait encore jamais été confrontée, et pourtant, l'épreuve à laquelle elle l'avait soumis en début de journée n'avait révélé aucun don magique particulier – ce qui était surprenant, étant donné le pouvoir extraordinaire de sa sœur. Mais il était encore jeune et n'avait pas la même attitude de défi que Rachel. Sa personnalité serait facile à briser et à remodeler. Elle effleura la tempe d'Eric de manière à sonder son cortex et à déceler les zones de contrôle de son cerveau.

Mais à la même seconde, elle se retrouva projetée à l'autre bout de la salle.

Elle poussa un hurlement, et les muscles de sa main se crispèrent dans un spasme

Une attaque !

Dragwena gisait sur le sol et réfléchissait à toute vitesse en attendant de recouvrer ses esprits. Que cela signifiait-il ? Au bout de quelques minutes, elle activa ses défenses mentales, retourna près du lit et explora délicatement les pensées d'Eric.

Elle découvrit plusieurs couches de protection dans l'esprit du garçon et en resta stupéfaite – aucun être humain n'avait ce don. Décidément, cet enfant n'avait rien d'ordinaire. Elle aurait dû s'en rendre compte et se montrer plus prudente. Pendant plus d'une heure, elle continua à l'observer, sachant pertinemment qu'il ne l'avait pas attaquée délibérément puisqu'il était endormi.

Enfin, lorsqu'elle se sentit prête, elle examina de nouveau les souvenirs d'Eric, à l'affût d'un quelconque indice. Mais elle ne trouva rien – rien de plus que les joies et les peines que connaît tout enfant. Eric, réalisa-t-elle, n'était même pas conscient de ses capacités. Lui avaient-elles été transmises ? Mais par qui ? Découragée, Dragwena alla s'asseoir en se promettant de l'examiner de plus près. « Le don énigmatique d'Eric devra attendre. Je lui arracherai son secret plus

tard. Pour l'instant, le pouvoir de Rachel me suffit »,
se dit-elle.

Prenant soin d'éviter les défenses d'Eric, Dragwena
lança un sortilège dans la couche extérieure de son cerveau. Il y avait longtemps qu'elle n'avait pas utilisé ce
sortilège, si faible qu'il était quasiment indétectable, et
si simple qu'il serait difficile à contrer, au cas où il
serait repéré.

Étant donné ce qu'elle voulait, cela était absolument
parfait.

8. Le conseil des Sarren

Une fois terminé avec Eric, la Sorcière quitta la tour-œil pour aller retrouver Morpeth.

— Tu as bien préparé Rachel, lui dit-elle. Ses aptitudes sont étonnantes.

Morpeth se courba humblement.

— Je n'ai rien fait du tout. L'enfant a tout contrôlé dès le départ.

— C'est évident. Sa magie échappe à tout le monde, à part moi. Ce soir, tu la ramèneras dans l'aile est, où tu lui installeras une chambre et une garde-robe à côté de la mienne. Demain matin, tu me l'amèneras. Ta participation à sa formation s'arrêtera là.

Morpeth hocha la tête.

— L'avez-vous soumise à l'épreuve de la boîte ?

— Oui. Et elle a triomphé ! Elle a résisté !

— Ce n'était encore jamais arrivé ! s'extasia Morpeth.

— En effet. Cette enfant va encore faire beaucoup de choses qu'aucun autre n'a jamais faites. (Dragwena jeta un coup d'œil inquiet dans le couloir.) J'ai plongé Rachel dans un sommeil qui va amorcer sa métamorphose en sorcière. Cette nuit, je veux que tu restes auprès d'elle, Morpeth. Et que tu la gardes personnellement. Ne la laisse surtout pas s'éveiller avant qu'elle ne soit prête. Par ailleurs, assure-toi qu'Eric passe la nuit dans sa chambre. Il ne détient aucun pouvoir magique, mais il pourrait quand même s'avérer utile.

– Comme vous voudrez. Rachel se souviendra-t-elle de quoi que ce soit quand elle se réveillera ?

– Rien d'important, répondit Dragwena. Son passé s'effacera dès que le sommeil-rêve aura pris fin. Elle n'aura plus aucun souvenir de sa famille, ni même de son frère. En revanche, son esprit sera prêt à entreprendre la formation finale nécessaire. Je m'en occuperai moi-même.

– Qu'allons-nous faire d'Eric ?

– Le tuer, dit la Sorcière. Mais pas tout de suite. Il peut encore me servir. Je te dirai quand.

Morpeth s'inclina respectueusement, et la Sorcière repartit vers la tour-œil. Il chargea deux femmes de chambre de transporter les enfants endormis dans l'aile est, puis leur transmit les ordres de Dragwena.

Une fois seul avec Rachel et Eric, Morpeth laissa tomber sa tête sur ses genoux. Il resta ainsi un long moment à réfléchir à ce qu'il devait faire.

« Si je veux sauver Rachel, il faut absolument que j'agisse ce soir. Demain, il sera trop tard », réalisa-t-il.

Dissimulant son visage, il sortit du Palais et se faufila discrètement dans la neige vers la maison de Trimak.

Muranta fut la première à ouvrir l'œil.

– Réveille-toi, espèce de vieux nigaud, dit-elle en donnant un coup de coude dans les côtes de son mari. Quelqu'un frappe à la porte.

– En tout cas, marmonna Trimak dans un demi-sommeil, ce ne sont sûrement pas des ennemis qui font un tel raffut !

Il enfila une paire de vieilles pantoufles et marcha à pas feutrés jusqu'à la porte.

Muranta alluma une bougie.

– Qui peut venir chez nous à une heure pareille ?

Trimak dressa l'oreille en comptant le nombre de coups frappés à la porte. Quatre coups rapides, un coup lent, trois autres coups rapides... C'était Morpeth, et il était en danger !

– Que se passe-t-il ? demanda Trimak après avoir refermé la porte derrière lui.

– C'est au sujet de l'enfant... Rachel. Elle a survécu à l'épreuve de la boîte.

– Comment ? Tu l'as vu de tes yeux ?

– Bien sûr que non ! Dragwena ne m'autorise pas à entrer dans la salle à ce moment-là. Mais elle ne contenait plus sa joie. Elle compte transformer l'enfant en sorcière.

– Réfléchissons bien avant d'agir, dit Trimak en s'efforçant de garder son calme. Il pourrait s'agir d'une ruse. Ce ne serait pas la première fois que la Sorcière doute de notre loyauté.

– Non, je suis certain qu'il ne s'agit pas d'une ruse, affirma Morpeth. J'ai fait passer des tests à Rachel. Elle s'est transformée en plume et a changé de forme pour aller du Palais aux rives du Lac Ker. Et tout ça sans effort.

– C'est donc bien l'enfant-espoir, murmura Muranta.

– Dragwena a-t-elle vu tout ce que tu as vu ? s'enquit Trimak.

– Probablement, grommela Morpeth. Tu sais avec quelle attention la Sorcière nous observe pendant la période d'essai, surtout quand les enfants sont doués. Dès que je me suis rendu compte de la puissance magique de Rachel, j'ai essayé de l'emmener vers les montagnes, mais Dragwena l'a attirée vers la tour-œil.

– Tu l'as laissée voler près de la tour ? gronda Trimak. Mais comment as-tu pu laisser la Sorcière s'approcher aussi près ?

Morpeth baissa les yeux.

– Peu importe, soupira Trimak. Si Rachel a survécu à l'épreuve de la boîte, Dragwena est sûrement au courant de tout. Où est l'enfant ?

– Dans l'aile est du Palais. Dès demain matin, Dragwena l'installera dans la tour-œil.

– Alors, il faut agir ce soir, avant qu'il ne soit trop tard.

Morpeth approuva d'un signe de tête.

– Je vais réunir le Conseil des Sarren, conclut Trimak. Nous déciderons ensemble de ce qu'il faut faire.

Il était déjà tard dans le royaume d'Ithrea. D'épais flocons tombaient sur le monde plongé dans l'obscurité, recouvrant les rares endroits où un peu de neige avait fondu dans la journée. La plupart des esclaves de la Sorcière – les Neutrana – étaient déjà endormis et subissaient les rêves agités de Dragwena en attendant de recevoir ses ordres. Certains des Neutrana avaient réussi à se libérer en partie de l'emprise de la Sorcière. Ils s'étaient baptisés les Sarren, du nom d'un homme mort depuis déjà longtemps qui avait, disait-on, été le premier à refuser d'obéir à la Sorcière. Morpeth était l'un des Sarren, tout comme Trimak et sa femme Muranta, Fenagel et son père Leifrim, ainsi que plusieurs autres. Ils ne se réunissaient que rarement, communiquaient à l'aide de signes spéciaux et obéissaient aux ordres incessants de Dragwena tout en restant sur leurs gardes, afin de protéger les nouveaux enfants qui arrivaient ici et de les aider du mieux qu'ils le pouvaient.

Trimak donna l'alerte par l'intermédiaire d'un messager personnel – une procédure extrêmement dangereuse, imposée toutefois par les circonstances. Peu à peu, dans les heures qui suivirent, les coups codés frappés discrètement aux fenêtres et aux portes éveillèrent les Sarren qui vivaient aux alentours du Palais. Reconnaissant le signal du danger, ils se glissèrent hors de leurs lits en silence. Chacun de leur côté, ils se rendirent à Worraft, une grotte secrète et jalousement gardée, creusée sous les fondations du Palais.

En moins d'une heure, plus d'une trentaine de Sarren s'étaient déjà rassemblés.

Trimak compta les silhouettes qui se déplaçaient furtivement en cherchant une place sur les bancs en pierre taillés dans les parois de l'immense grotte. Il aperçut Fenagel qui se débattait tant bien que mal pour pousser Leifrim sur une sorte de civière-fauteuil roulant.

– Il est temps de refermer la porte, déclara Trimak. Nous ne pouvons pas attendre davantage.

Morpeth traça un cercle sur son front, et une paroi rocheuse descendit du plafond en obstruant l'entrée. Désormais, plus personne ne pourrait entrer ou sortir de la grotte. La réunion pouvait commencer.

L'assemblée des Sarren murmurait avec nervosité. Ils étaient inquiets et, à vrai dire, ils avaient de bonnes raisons de l'être : aucune réunion de ce genre ne s'était tenue depuis des années. Trimak frappa dans ses mains pour obtenir le silence.

– Pourquoi nous as-tu convoqués de façon aussi imprudente, sans même nous prévenir, Trimak ? demanda une voix dans la pénombre.

– Se hâter n'est jamais sans risque, reconnut Trimak. Mais vous comprendrez bientôt pourquoi. Laissez parler Morpeth.

Celui-ci se leva et se tourna vers l'assemblée.

– J'ai des nouvelles importantes à vous transmettre, commença-t-il. Je crois que nous avons trouvé l'enfant-espoir !

Des protestations indignées s'élevèrent dans la grotte. Morpeth leur raconta tout ce qu'il avait vu, puis leur fit part des projets de Dragwena concernant Rachel.

– Même s'il s'agit de l'enfant-espoir, remarqua quelqu'un, que pouvons-nous faire ? Dragwena la tient déjà en son pouvoir. Nous sommes sans doute dans l'incapacité de l'aider.

– Il nous reste une petite chance, reprit Morpeth. Rachel se trouve actuellement dans une pièce à laquelle j'ai accès. Nous pourrions nous introduire au Palais pour l'enlever.

– Trop dangereux ! lança la même voix. Ses espions nous verraient arriver.

– Oui, si nous sommes nombreux, poursuivit Morpeth. Mais Dragwena a confiance en moi. Je peux retourner au Palais sans que personne s'en aperçoive. Et si jamais quelqu'un me voit, je dirai que j'agis sur ordre de la Sorcière. Tout le monde me connaît Personne n'osera me poser de questions.

Une autre voix dit alors :

– Et si l'enfant refuse de nous aider ?

Trimak s'avança et posa un regard glacial sur l'assemblée.

— J'ai déjà envisagé cette possibilité. Si Rachel refuse de nous aider, nous serons obligés… de la tuer.

Un silence pesant envahit la grotte.

— Tu oublies notre serment, Trimak ! cria un autre Sarren. Faire couler le sang d'un enfant est la sinistre tâche de la Sorcière et des Neutrana, ses esclaves. Moi, personnellement, je me refuse à le faire. Comment oses-tu suggérer une chose pareille ?

Il y eut des murmures d'approbation.

Trimak poussa un soupir et leva la main.

— Je comprends vos réticences. Croyez-vous que j'en sois arrivé à cette conclusion facilement ? Réfléchissez une seconde : si Rachel refuse de nous aider, la laisser en vie sera trop dangereux. Nous pouvons la cacher ici quelque temps, mais Dragwena finira par la retrouver pour la transformer, auquel cas nous n'aurons plus aucun moyen de nous échapper. En unissant leurs forces, elles auront vite fait de débusquer les Sarren et de tous les massacrer.

— Serais-tu capable de tuer Rachel de tes mains, Trimak ? demanda quelqu'un. Serais-tu prêt à le faire ?

— Je le ferai s'il le faut.

— On ne devrait pas en arriver là, lui fit remarquer Morpeth. Si l'enfant a survécu à l'épreuve de la boîte, c'est qu'elle possède une force innée que Dragwena aura du mal à combattre ; et n'oubliez pas que la Sorcière n'a disposé que de très peu de temps pour s'occuper d'elle. Si nous agissons tout de suite, je suis certain que nous arriverons à convaincre Rachel.

Fenagel prit la parole.

— Dragwena a tellement de pouvoir… Rachel sera-t-elle assez forte pour lui résister ? Elle a l'air d'une charmante enfant tout ce qu'il y a d'ordinaire. La seule magie des robes du Palais l'a stupéfaite. Imaginez tous les sortilèges que Dragwena pourrait lui lancer ! Je crois que tu attends trop d'elle, Trimak.

– Il serait difficile de réfuter ce que vous dites, reconnut le chef des Sarren. Mais réfléchissez : depuis des siècles nous parlons de la légende de l'enfant-espoir, de cette petite fille qui triomphera de la Sorcière et nous libérera. Je sais que, par moments, nous nous sommes tous sentis ridicules de nous raccrocher à cette idée…

Dans la grotte, une majorité de têtes acquiescèrent.

– Mais s'il nous reste une chance de nous débarrasser de la Sorcière, poursuivit Trimak, c'est du monde extérieur que l'aide nous parviendra. Nous le savons tous. Morpeth représente notre meilleure arme, mais même en le soutenant de tous nos pouvoirs magiques, il n'est pas assez fort pour affronter Dragwena. Je ne peux vous promettre que l'enfant-espoir existe vraiment. Cependant, d'après ce que nous dit Morpeth, Rachel possède des pouvoirs magiques beaucoup plus grands que ceux que nous avons vus jusqu'à présent. Il se peut qu'elle soit l'enfant-espoir. Personne parmi nous n'a jamais maîtrisé les dons qu'elle a acquis en une seule matinée de jeux.

Il se tut un instant, de façon à être sûr que ce qu'il allait dire serait compris de tout un chacun.

– Permettez-moi de vous mettre en garde : si nous n'essayons pas d'utiliser le pouvoir de cette enfant à notre avantage, soyez certains que Dragwena, elle, n'hésitera pas. Elle emmènera Rachel et la transformera en une ennemie d'une férocité que nous ne sommes même pas en mesure d'imaginer.

Il observa les visages dans la pénombre.

— N'oubliez pas que nous allons décider au nom de tous les Sarren, dont un grand nombre n'ont pas pu venir ici ce soir. Remettre notre décision à plus tard reviendrait à les livrer tous à Dragwena. Je crois que nous n'avons pas le choix. Nous devons nous emparer de l'enfant dès ce soir, pendant qu'une occasion se présente. Si nous attendons, ne serait-ce que quelques heures, il sera trop tard.

Il jeta un regard circulaire dans la grotte.

— Y a-t-il d'autres questions ? Quelqu'un a-t-il un point de vue différent ?

La grotte resta silencieuse. Trimak attendit encore plusieurs secondes avant de clore la discussion car la décision était si grave que chacun devait avoir la possibilité de s'exprimer.

— Dans ce cas, dit-il enfin, je prends acte du fait que nous sommes d'accord. Morpeth enlèvera Rachel cette nuit et l'amènera à Worraft. Et maintenant, je vous demande de rentrer directement et discrètement chez vous. Si vous restez absents trop longtemps, cela risque de se remarquer.

De nouveau, Morpeth recourut à la magie pour ouvrir la porte de la grotte. Les Sarren sortirent rapidement en discutant à voix basse.

Une fois qu'ils furent tous les deux seuls, Trimak remarqua que Morpeth était absorbé dans ses pensées.

— Qu'y a-t-il, mon ami ? lui demanda-t-il. Une épreuve difficile t'attend. Crains-tu que Dragwena soit là-bas pour t'accueillir ?

Morpeth secoua la tête.

— Je ne m'inquiète pas pour moi. Mais, tout à l'heure, tu as mentionné une chose qui ne cesse de me hanter. Je me demande si Dragwena me soupçonne d'être un rebelle. Je sais qu'elle en a assez de moi. Il est évident qu'elle veut quelqu'un de plus jeune pour remplacer son vieux guide. (Il se tapota le menton.) En fin de compte, Rachel n'est peut-être qu'une espionne de la Sorcière. Dragwena peut faire ressembler n'importe quelle créature à qui elle veut, et la faire se comporter comme bon lui semble. Peut-être qu'elle a transformé un Neutrana en petite fille dotée de pouvoirs extraordinaires dans le seul but de me tenter.

– N'as-tu pas vu Rachel arriver de la Terre ?

– Ce que j'ai vu ne signifie rien. Dragwena pourrait très bien m'avoir tendu un piège. Mon cœur me dit que je peux faire confiance à Rachel, mais Dragwena n'aurait eu aucune difficulté à me tromper.

Trimak inclina la tête d'un air songeur.

– Et ce n'est pas tout, ajouta Morpeth. Rachel a un frère, qui a franchi les portes du Palais avec elle. Il faut que j'essaie de le sauver également. Si Rachel lui échappe, Dragwena s'empressera de le tuer.

– Trop risqué, rétorqua Trimak. Tu ne dois te soucier que de Rachel et de toi-même.

– Nous en demandons déjà beaucoup à Rachel. Crois-tu qu'elle nous le pardonnera, si nous ne faisons rien pour sauver son frère ?

Trimak fit les cent pas dans la grotte, l'air préoccupé.

– Ta sécurité et celle de Rachel sont trop précieuses pour qu'on prenne un tel risque. Je regrette de devoir me montrer aussi impitoyable, Morpeth, mais oublie le garçon. Nous avons attendu ce moment des centaines d'années. S'il le faut, nous mentirons à Rachel au sujet de son frère.

– Ça ne marchera peut-être pas. J'ai déjà senti à quelle vitesse se développe son pouvoir magique. Si nous lui mentons et qu'elle s'en aperçoit, elle ne nous fera plus jamais confiance. Plus jamais.

À contrecœur, Trimak dit alors :

– Bon… Très bien. Mais quelqu'un d'autre peut sûrement se charger de sauver Eric ?

– Non. Je suis le seul à savoir comment faire pour les faire sortir tous les deux du Palais sans danger.

– Et comment comptes-tu les amener ici ?

Morpeth esquissa un petit sourire.

– Eh bien, je vais en mettre un sur chacune de mes superbes épaules et traîner mes vieilles jambes jus-qu'ici. Je n'ose pas utiliser ma magie quand je suis aussi proche de Dragwena. Elle connaît trop bien mes méthodes. (Ses yeux croisèrent le regard solennel de Trimak.) Il est temps de partir. Si Dragwena nous a préparé un accueil au Palais, il serait grossier de la faire attendre !

Il serra Trimak dans ses bras, puis se glissa rapide-ment hors de la grotte.

Trimak se retrouva tout seul dans le profond silence de Worraft. En repensant à la mission qui incombait à Morpeth, il frémit d'appréhension. « Ai-je envoyé mon meilleur ami à la mort ? Rachel est-elle une espionne, ou bien est-elle déjà sous l'emprise de Dragwena ? » se demanda-t-il.

Il s'agenouilla sur le sol glacé et sentit la pression du petit couteau qu'il portait toujours à la ceinture. Il le sortit de son étui, leva la lame d'un geste résolu en pleine lumière et se força à en regarder le tranchant. Il lui fallait se préparer à l'idée de ce qu'il serait peut-être obligé de faire.

9. L'Armée des Enfants

Pendant que les Sarren débattaient en conseil, Rachel dormait à poings fermés dans l'aile est du Palais, là où Morpeth l'avait laissée. Sa respiration avait d'abord été lente et paisible. Puis son pouls s'était accéléré au fur et à mesure que le sommeil-rêve de la Sorcière s'était emparé d'elle. Ce rêve ne lui épargnerait rien : ce n'était qu'en éprouvant les désirs et les haines de Dragwena qu'elle pourrait se transformer en sorcière.

Au cours du sommeil-rêve, Rachel revécut le passé de Dragwena.

Elle vit des choses qu'elle aurait préféré ne jamais avoir vues – des lacs et des rivières qui se transformaient en glace dès que la Sorcière les touchait ; un serpent qui se déroulait de son cou pour se livrer à une attaque silencieuse ; un garçon à peine plus vieux qu'Eric pourchassé par une meute de loups.

Elle vit aussi des enfants d'Ithrea morts depuis longtemps, tués par la Sorcière qui l'obligeait à regarder leurs visages et à retenir leurs noms. Un bref instant,

Rachel vit même Morpeth alors qu'il n'était encore qu'un jeune garçon aux cheveux blond roux et aux grands yeux bleus, qui venait d'arriver sur Ithrea. « Prête ? » demandait-il à la Sorcière. Il ouvrit le poing, alors un minuscule oiseau aux couleurs éclatantes, à peine plus gros qu'une pièce d'un penny, s'envola vers le ciel. « J'ai réussi ! » murmurait-il, tandis que Dragwena à ses côtés le couvait d'un regard admiratif : « Tu es mon enfant préféré, Morpeth ! »

Ce souvenir, comme les autres, ne dura qu'un instant. Rachel était impuissante à les arrêter ou à les repousser. Ils défilaient l'un après l'autre, tandis que Dragwena sélectionnait dans sa mémoire tout ce que Rachel avait besoin de savoir, l'obligeant à les regarder de plus en plus vite, au point qu'il ne lui restait plus de chaque image qu'une impression de douleur confuse.

Enfin, les souvenirs cessèrent d'affluer, et Rachel, toujours plongée dans le sommeil-rêve, se retrouva aux côtés de Dragwena dans la tour-œil. La peau de la Sorcière irradiait d'une lueur rouge sang, et des araignées grouillaient entre ses dents.

– Est-ce que je te fais peur ? demanda doucement Dragwena.

– Oui, avoua Rachel. Tu cherches à m'effrayer. Pourquoi m'avoir montré tout ça ? Toutes ces choses que tu as faites… me font te détester plus que jamais. Si je le peux, je te combattrai.

– Tu n'as pas encore compris, murmura Dragwena. Je n'ai aucune envie de me battre. Je sais déjà que si je menace Eric, tu feras tout ce que je te demanderai.

– Bien sûr, confirma Rachel. J'ai vu ce que tu avais fait aux enfants.

– Les enfants ne représentent rien. Quand on possède autant de pouvoir que moi, leur vie n'a aucune importance. Tu auras bientôt ce pouvoir et tu ressentiras la même chose.

— Jamais de la vie… Et je ne veux pas de ton pouvoir, espèce de sale sorcière !

— Je voudrais te montrer encore une chose, dit Dragwena. C'est mon souvenir le plus affreux, un souvenir qui me fait honte. Veux-tu le voir ? Si tu résistes à mon pire souvenir, je saurai que je ne peux rien faire de toi Et alors, tu seras libre.

— Non. Tu nous tueras, mon frère et moi. Je sais que tu le feras.

— Ce souvenir renferme un secret que je n'ai jamais révélé à personne, poursuivit Dragwena. Il révèle par ailleurs mon point faible. Cela pourra te servir, si tu dois me combattre. Peut-être t'aidera-t-il à vous sauver tous les deux, toi et ton frère. Tu ne veux sûrement pas passer à côté d'une telle chance ?

— Très bien, vas-y, montre-le-moi ! cria-t-elle.

Aussitôt, elle se retrouva en train de remonter le temps. Elle réalisa avec stupeur qu'elle n'était plus sur Ithrea, qu'elle se trouvait à l'extérieur d'une gigantesque caverne, entourée de milliers d'enfants aux allures de sauvages, armés d'épées et de couteaux. Leurs visages ruisselants de sueur étaient empreints d'une expression féroce.

— Où suis-je ? Qui… sont ces enfants ? Que leur as-tu fait ?

— Nous sommes de retour sur ta planète, la Terre, dans un temps oublié qui remonte à des milliers d'années avant ta naissance, répondit la voix lointaine de Dragwena. Regarde comme les enfants m'aimaient, à cette époque.

La Terre !

Rachel vit l'Armée des Enfants brandir leurs épées en clamant le nom de la Sorcière : « Dragwena ! Dragwena ! Dragwena ! » criaient-ils d'une même voix vibrante d'adoration. Pendant qu'ils criaient, Rachel vit Dragwena surgir d'un nuage. Telle une hirondelle, elle descendit en piqué vers les épées levées, dont elle effleura tendrement les pointes acérées.

– À quoi servait cette armée ? demanda Rachel en s'efforçant de garder son calme.

– Je menais une bataille contre trois Magiciens de ta planète. Les Sorcières et les Magiciens se sont toujours fait la guerre, dans tous les mondes et à toutes les époques. Je n'avais aucun intérêt particulier pour les enfants, mais je savais que les Magiciens viendraient protéger les créatures les plus fragiles de votre monde. Ils l'ont toujours fait. Mais j'avais passé de longues années à préparer chaque enfant avant qu'ils n'arrivent, et quand les Magiciens sont enfin venus, j'étais entourée à tout instant de ma fidèle armée. Ils n'osèrent pas s'attaquer à moi directement, de peur de blesser des enfants. C'était là leur faiblesse, et je m'en suis servie. J'ai envoyé les enfants massacrer eux-mêmes les Magiciens qui s'étaient cachés sous terre. J'ai levé une armée d'un million de soldats auxquels j'avais enseigné mes méthodes, et je les ai expédiés dans les entrailles de la Terre, armés de boucliers et d'épées magiques afin qu'ils les débusquent et les tuent.

Rachel vit briller le regard des enfants tandis qu'ils brandissaient leurs épées.

– Ils me vénéraient, reprit Dragwena. Tous auraient été prêts à tuer à main nue si j'en avais donné l'ordre. Leur esprit était rempli de haine. Ils détestaient les

Magiciens autant que moi. Ils tuaient comme je tuais : sans hésiter, sans culpabiliser.

Rachel frissonna, mais réagit en affichant une attitude de défi.

— Et tu crois que le fait de me montrer tout ça va me pousser à faire ce que tu me demandes ? se moqua Rachel. Mais ces enfants sont malades. Tout ce que tu fais me dégoûte !

— Regarde la dernière bataille avec les Magiciens à travers mes yeux, dit Dragwena. Je les ai piégés au fond de la grotte la plus profonde du monde, et je vais maintenant les anéantir.

Rachel eut soudain l'impression d'être dans le corps de Dragwena. Elle s'approcha de l'entrée de la grotte où étaient accroupis trois Magiciens, les vêtements en lambeaux.

L'un d'eux se leva en tremblant quand la Sorcière entra.

— Agenouille-toi, Larpskendya, chef des trois Magiciens, ordonna Dragwena. Agenouille-toi et supplie-moi. Sinon, la douleur de ton agonie durera plus longtemps que n'a duré cette guerre.

Larpskendya la regarda calmement.

— Tu ne peux plus nous faire de mal, dit-il. Dépose tes armes. Tu as d'ores et déjà perdu.

— Perdu ? rétorqua Dragwena d'un ton narquois. Comme tu es à plaindre ! C'est donc là que ta célèbre magie t'a abandonné, caché au fond d'une grotte et vêtu de guenilles ! Espères-tu encore m'arrêter, Larpskendya ? Comptes-tu t'emparer de mon épée pour me frapper ?

— Pas moi, pauvre folle !

Larpskendya se tourna alors vers ses compagnons,

et les trois Magiciens se moquèrent ouvertement de Dragwena.

Voyant cela, elle ensorcela son épée qui se planta dans le cœur de Larpskendya. Au moment où la lame transperça sa chair, un rayon de lumière bleue jaillit de la blessure. La lumière sortit de la grotte et se répandit dans le cœur des enfants qui attendaient dehors. Chacun d'eux sentit l'épée de Dragwena lui perforer la poitrine et poussa un cri d'agonie.

Dragwena, décontenancée, regarda fixement les Magiciens.

D'un geste las, Larpskendya arracha l'épée de sa poitrine. La blessure avait disparu. Lorsqu'il soutint le regard incrédule de Dragwena, ses yeux étincelèrent d'une lumière multicolore. Puis il passa la main sur sa tunique en haillons.

Dragwena se retrouva à genoux, quasiment incapable de lever le visage.

– Tu ne comprends pas ? dit Larpskendya en secouant tristement la tête. Même en cet instant, tu ne comprends toujours pas ? Ton désir de nous tuer est si fort que tu en as oublié les lois de la magie.

Dragwena le dévisagea. Ce qu'il disait n'avait pour elle aucun sens.

– À chaque maléfice correspond un sortilège bienveillant, capable de l'annuler, expliqua-t-il. Comment as-tu pu oublier une loi aussi élémentaire ? Tu t'es laissé piéger, Dragwena. Lorsque tu m'as frappé avec ton épée, nous avons fait en sorte que chaque enfant de ton armée ressente la douleur provoquée et prenne conscience du maléfice qui faisait d'eux tes esclaves. À présent, ils vont venir te chercher. Et c'est ton sang qu'ils vont faire couler, pas le nôtre. Comme tu l'as dit toi-même, leur haine est à la mesure de la tienne. Ils seront sans pitié.

Dragwena tendit l'oreille et perçut le bruit de milliers de pieds d'enfants qui se précipitaient vers les grottes. En entrant, ils frottèrent leurs couteaux sur les parois rocheuses pour les aiguiser.

Le bruit était insupportable.

Dragwena essaya d'ériger une barrière de protection à l'entrée de la grotte, mais le sortilège se consuma inutilement dans son esprit. Ses pouvoirs avaient disparu. Les enfants continuèrent à courir en poussant des cris assourdissants.

– Tu as été dépouillée de ta magie, dit Larpskendya. Tu n'auras plus jamais le droit de régner sur l'humanité. (Puis il la regarda d'un œil glacial.) Quel effet cela te fait-il d'être aussi impuissante que ceux qui étaient naguère tes esclaves ?

Dragwena ne répondit pas.

– Nous aurions pu choisir pour toi d'innombrables formes de mise à mort, enchaîna Larpskendya. Peut-être devrions-nous te tuer, car je sais que tu ne changeras jamais. Mais toute vie, même la tienne, a un sens. Aussi allons-nous t'offrir un autre choix. J'ai créé pour toi une nouvelle planète : Ithrea. Tu y resteras bannie pour le restant de tes jours. Certains de tes pouvoirs te seront rendus pour te permettre de modeler ta nouvelle demeure à ton gré. Mais il n'existe là-bas aucune créature susceptible de se soumettre à ta volonté comme ces enfants, il n'y a que des plantes et quelques animaux.

Dragwena pensa alors au monde d'Ool, la lointaine planète des Sorcières d'où elle venait. Où qu'elle fût, ses sœurs la retrouveraient le moment venu. Elles ne cesseraient jamais de la chercher, et si elle se faisait tuer, elles se chargeraient de venger sa mort.

– Les Sorcières d'Ool ne te retrouveront jamais, précisa Larpskendya. Le monde d'Ithrea est invisible à leur regard malveillant. Tu seras seule. À tout jamais.

Dragwena cracha devant lui.

– Tu ferais mieux de me tuer tout de suite, Magicien. Tôt ou tard, je finirai par trouver un moyen de revenir dans ce monde.

– Crois-tu que je vais laisser cette planète sans protection ? Je vais donner aux enfants de la Terre de nouveaux dons qu'ils pourront utiliser contre toi si nécessaire.

Dragwena éclata de rire.

– Jamais tu n'arriveras à créer un enfant ayant le pouvoir de me menacer ! Je me sers d'eux depuis des générations. Ce sont des êtres faibles. Ils obéissent au doigt et à l'œil, mais ils n'ont aucun don pour la véritable magie. Même sur un million de générations, aucun enfant n'aura jamais assez de pouvoir pour inquiéter une sorcière.

– Nous verrons, dit Larpskendya. En tout cas, sache que ma chanson sera pour toujours sur Ithrea. Et si quelqu'un m'appelle, je reviendrai.

La Sorcière l'injuria.

– Vas-y, bannis-moi vite… avant que je n'arrache le cœur du premier enfant qui entrera ici !

Les Magiciens se hâtèrent tous ensemble de lever la main.

Au même instant, Dragwena se retrouva toute seule dans un monde nouveau. Elle regarda autour d'elle. Dans le ciel bleu brillait un soleil resplendissant, des lacs miroitaient dans la lumière dorée et des oiseaux gazouillaient sur les branches entre les feuilles d'un vert éclatant.

Elle se passa les mains sur le visage. La beauté de ce monde la rendait folle de rage. L'anéantissement des Magiciens, qu'elle avait si longtemps préparé, qu'elle avait tant désiré, lui avait été refusé. La haine qu'elle avait pour eux et les enfants qui s'étaient retournés contre elle augmenta de plus belle, et elle laissa échapper un long cri d'angoisse.

« Je reviendrai. Je reviendrai et je vous tuerai... tous ! » se promit Dragwena.

Rachel était perdue dans cette haine inextinguible qui habitait la Sorcière. Elle lutta pour reprendre le contrôle d'elle-même et se rappeler qui elle était, mais Dragwena s'imposait si fort dans son esprit qu'elle ne parvint pas à lui résister. Alors, du fond du sommeil-rêve, Rachel se jura à son tour de revenir tuer les Magiciens et les enfants. Sa haine n'avait d'égale que celle de la Sorcière.

Étendue sur le lit moelleux dans le Palais, elle serra les poings en rêvant de vengeance.

10. Le réveil

Morpeth entra furtivement à Worraft, portant Rachel et Eric endormis sous chaque bras.

— Beaucoup trop simple, dit-il en les déposant sur le sol. Quelque chose ne va pas.

— Tu les as sauvés tous les deux ! s'extasia Trimak.

— Oui. Mais sortir du Palais était trop facile. Il n'y avait que quelques Neutrana, et la porte de l'est n'était pas gardée. Pourtant, Dragwena y poste toujours deux soldats.

— Quelqu'un t'a suivi ?

— Je n'ai vu personne, mais Dragwena possède des milliers d'yeux.

— Nos éclaireurs patrouillent aux environs du Palais et de la grotte, dit Trimak. Ils viendront nous avertir en cas de danger. (L'air inquiet, il se tourna vers Rachel.) Hélas, l'enfant-espoir dort toujours.

— La Sorcière l'a plongée dans un sommeil-rêve. Elle ne se réveillera sans doute pas avant plusieurs heures.

— Et Eric ? La Sorcière s'est-elle aussi occupée de lui ?

— C'est possible. Il y a chez ce garçon quelque chose

d'étrange, dit Morpeth. En fait, je sais exactement ce qui ne va pas. Je ne sens en lui aucune magie, absolument aucune. Il y en a pourtant toujours une trace, même chez les enfants les moins doués.

– Oui, fit Trimak d'un air songeur. Eric est différent. C'est peut-être pour ça que Dragwena s'intéresse à lui. Quel genre de rêves a-t-elle fait faire à Rachel?

Morpeth émit un vague grognement.

– Des cauchemars, probablement.

– Réveille-la, ordonna alors Trimak.

– Nous ne pouvons pas faire ça! Je n'ai aucune idée de ce qui se passera si on sort trop tôt Rachel du sommeil. Il faut la laisser se réveiller d'elle-même.

– Non, dit Trimak d'une voix ferme. Je comprends ton inquiétude, mais tu as dit toi-même que le sortilège de Dragwena avait pour but de transformer Rachel en sorcière. En ce moment même, le sommeil-rêve doit être en train de conditionner l'enfant. On ne peut laisser faire ça.

– Mais ça risque de tuer Rachel, protesta Morpeth. J'ignore la puissance de ce sortilège. Ce serait une erreur de…

– Réveille-la!

À contrecœur, Morpeth posa deux doigts recourbés sur le front de Rachel. Elle remua légèrement, mais continua à dormir.

– Utilise la force maximum, ordonna cette fois Trimak avec colère.

– Je n'ose pas! Si Rachel est l'enfant-espoir, ce serait de la folie de mettre sa vie en danger.

– Je ne peux pas risquer non plus la vie des Sarren. Essaie d'abord avec Eric. Peut-être que la Sorcière l'a plongé dans un sommeil-rêve, lui aussi.

98

Cette fois, Morpeth posa ses deux mains sur la tempe d'Eric. Il se redressa brusquement en clignant des yeux, l'air effrayé. Morpeth et Trimak observèrent son comportement.

– Le garçon semble être resté lui-même, dit Trimak dubitatif.

Il fallut plus longtemps à Morpeth pour réveiller Rachel. Au bout d'un moment, elle commença à bouger et, à la seconde où elle ouvrit les yeux, elle se jeta sur Eric en lui tirant les bras et en criant comme une folle. Interloqué, Eric parvint à se dégager. Morpeth bondit sur Rachel pour la maîtriser.

– Je vais te tuer ! Je vais te tuer ! hurla Rachel à son frère.

– Arrête-la ! dit Trimak. Que se passe-t-il ?

Morpeth plaqua Rachel contre le sol, les bras en croix.

– Je te l'avais dit, Trimak. Je t'avais dit que ce serait dangereux de la réveiller avant qu'elle ne soit prête !

Eric s'approcha de Rachel.

– Reste en arrière, lui dit Morpeth.

Eric toucha l'un des pieds de sa sœur qui continuait à se débattre comme une furie. Aussitôt, Rachel cessa de lutter. Pendant un instant, elle parut égarée, puis regarda ses mains en sentant qu'elle en reprenait peu à peu le contrôle.

– Que se passe-t-il ? Eric… j'espère que je ne t'ai pas fait mal ?

Morpeth se tourna vers Eric.

– Tu as interrompu le contrôle que la Sorcière exerce sur ta sœur. Comment as-tu fait ?

Eric haussa les épaules.

– Je n'ai rien fait du tout. Je lui ai juste pris le pied, c'est tout.

99

– Mais son attitude a changé à la seconde même où tu l'as touchée.

Rachel se redressa d'un bond. Puis elle empoigna Eric et l'entraîna à l'écart.

– Ne réponds pas à ses questions, dit-elle à son frère. Il travaille pour la Sorcière.

– C'est faux, s'indigna Morpeth. Je sais que ça paraît…

– Alors pourquoi m'as-tu laissée toute seule dans la tour-œil avec Dragwena ? Tu savais ce qui allait se passer… Mais tu m'as claqué la porte au nez.

– Je ne pouvais pas faire autrement, se défendit Morpeth. Je t'en prie, essaie de comprendre. Dragwena surveille de près tous ses serviteurs. Si je ne t'avais pas emmenée de force dans la tour-œil, quelqu'un l'en aurait informée. Il fallait que je donne l'impression d'être impitoyable.

– Pourquoi te croirais-je ? Comment puis-je savoir que tu ne mens pas ?

Morpeth écarta les bras en lui montrant la grotte.

– Regarde cette caverne obscure. Si j'étais un ami de la Sorcière, crois-tu que je t'aurais amenée ici ? Je risque ma vie en agissant ainsi. Tout comme Trimak.

Puis il lui parla des Sarren et du combat qu'ils menaient contre la Sorcière.

Rachel se détendit un peu. Elle raconta le jeu de l'échiquier et le rêve qu'elle avait fait sur l'Armée des Enfants et les Magiciens. Morpeth et Trimak l'écoutèrent, subjugués, car ils n'avaient encore jamais entendu parler de cette histoire.

– Comprends-tu ce que cela veut dire ? murmura Morpeth à Trimak.

Celui-ci hocha la tête.

– Cela signifie que la Sorcière a une confiance totale en Rachel. Et qu'elle ne reculera devant rien pour la récupérer.

– En effet. Elle ne sera donc plus en sécurité dans aucune cachette, ajouta Morpeth. Nous devons la protéger autrement. En lui permettant de développer sa magie. Il faut qu'elle apprenne à se défendre toute seule.

Rachel repensa à la signification du rêve qu'elle avait fait.

– En tout cas, je comprends maintenant pourquoi Dragwena déteste les enfants, dit-elle. Mais ce que je ne comprends toujours pas, c'est pourquoi elle me veut moi.

– La magie des enfants ! s'exclama Morpeth. Maintenant, tout est clair ! Dragwena amène des enfants sur Ithrea et elle les teste, pleine d'espoir, depuis des siècles. D'après le rêve de Rachel, nous savons que les Magiciens l'ont emprisonnée ici. Pendant tout ce temps, elle a dû attendre un enfant qui ait suffisamment de force pour l'aider à préparer son retour. Et Rachel est cette enfant !

– Dans mon rêve, le Magicien Larpskendya disait pourtant à Dragwena qu'elle serait toujours seule, qu'elle resterait prisonnière d'Ithrea à tout jamais. Comment tous ces enfants sont-ils arrivés jusqu'ici ?

– Si ton rêve est exact, dit Morpeth, les Magiciens ont dû commettre une erreur, à moins qu'ils n'aient sous-estimé Dragwena. Il y a longtemps qu'elle a trouvé le moyen de faire venir des enfants de la Terre.

– Le Magicien a également dit qu'il renforcerait les pouvoirs magiques des enfants sur la Terre, qu'il leur donnerait des dons pour se protéger si nécessaire, ajouta Trimak. Mais avant ton arrivée, nous n'en avions encore jamais eu la preuve. Peut-être parlait-il de toi. Tu dois être celle qui nous protégera. Avec l'aide de ton frère.

– Moi ? Mais je ne peux strictement rien faire, dit Eric. C'est Rachel qui a tous les pouvoirs magiques.

– Tu as quand même mis fin au contrôle que la Sorcière exerçait sur ta sœur, lui fit remarquer Morpeth. Explique-nous comment tu as fait ça.

– Je n'en sais rien. Je voulais juste que Rachel redevienne normale. Je n'ai rien senti de particulier quand ça s'est produit.

– Mmm, fit Morpeth en tirant sur sa barbe. Que savons-nous d'autre ? Ah oui, le Magicien a fait allusion à une chanson. Que penses-tu qu'il voulait dire par là ?

– « Ma chanson sera toujours sur Ithrea. Si on m'appelle, je reviendrai. » C'est ce que Larpskendya a dit.

– Mais appelé de quelle manière ? s'interrogea Morpeth. Et par qui ?

Pendant quelques minutes, ils restèrent à réfléchir en silence dans la pénombre de la grotte.

– Nous sommes là à essayer de deviner ce que signifie ce rêve, dit finalement Rachel, mais je suis sûre d'une chose : Dragwena va se mettre à ma recherche. Maintenant qu'elle sait ce que je suis capable de faire, elle ne cessera plus de me chercher. Tu l'as trahie, Morpeth. Elle vous tuera, toi et Trimak. Puis elle examinera Eric jusqu'à ce qu'elle découvre comment utiliser ses dons. (Elle se tenait la tête bien droite et tremblait légèrement.) Quant à moi, je sais ce qu'elle me réserve… elle fera de moi sa petite sorcière. Ça ne devrait pas être difficile. J'ai eu beau essayer de l'en empêcher dans la tour, je ne suis arrivée à rien.

– Pas à rien, la rassura Morpeth. Il faut que tu t'entraînes, que tu apprennes à développer tes sortilèges pour affiner tes pouvoirs magiques. Et ensuite, tu seras prête à affronter Dragwena.

– Je ne serai peut-être jamais assez forte, dit Rachel. Je la connais. Si elle ne peut rien faire de moi, elle me tuera. Je suis une ennemie trop dangereuse pour qu'elle me laisse en vie. (Puis elle regarda Morpeth droit dans les yeux.) C'est bien ça, n'est-ce pas ?

– C'est possible. Je te crois cependant plus forte que tu ne le penses ; tout comme je crois que tu peux la vaincre et qu'elle commet des erreurs.

– Quelles erreurs ?

– Elle t'a laissée échapper à son emprise. C'était une sottise. Elle t'a en outre confié ses plus chers secrets un peu trop vite, à un moment où Eric et nous avions encore accès à ton esprit et pouvions te ramener. Et elle ne sait pas que je suis un traître. Je lui dissimule mes véritables pensées depuis des années.

– Je me demande dans quelle mesure tu la connais, dit sèchement Rachel. Je doute que tu arrives à lui cacher ta trahison très longtemps. Et je ne pense pas qu'elle commette d'erreurs. Peut-être nous a-t-elle laissés partir, Eric et moi, dans une intention bien précise. Y as-tu pensé ?

– Oui, dit Morpeth. Et nous ne voyons aucune raison pour que la Sorcière vous ait laissés échapper aussi facilement.

Rachel fit scintiller ses ongles d'une lueur bronze.

– Regardez-moi, dit-elle. C'est tellement bizarre, toute cette magie dont je suis capable… Mais si je possède ces dons, pourquoi ne m'en suis-je pas aperçue quand j'étais chez moi ? Et pourquoi ne pouvais-je rien en faire là-bas ? Tout ça n'a aucun sens.

– Sur Ithrea, tous les enfants possèdent un pouvoir magique, dit Morpeth. Puisque Dragwena est à même de le deviner quand elle enlève des enfants sur la Terre, c'est donc que ce pouvoir existe chez eux d'une manière ou d'une autre, et je ne vois pas pourquoi il ne peut pas être utilisé là-bas.

– Peut-être que les Magiciens ne le leur permettent pas, dit Eric. Parce qu'ils trouvent que c'est trop dangereux.

Morpeth hocha la tête d'un air pensif.

– As-tu déjà vu les Magiciens ?

– Non, répondit Eric. Et toi ?

– Moi non plus, pas plus que quiconque sur Ithrea. Mais j'aimerais bien rencontrer le dénommé Larpskendya. J'aurais quelques questions intéressantes à lui poser.

Eric tripota la barbe de Trimak.

– Au fait, quel âge as-tu ?

– Ah, je ne suis plus tout jeune, soupira Trimak. Essaie de deviner.

– Quatre-vingt-six !

– Essaie encore, dit Trimak en riant.

– Plus jeune ou plus vieux ?

– Beaucoup plus vieux.

– D'accord… Cent quatre-vingt-six !

– En fait, j'ai très exactement cinq cent trente-six ans.

Eric sursauta.

– Mais tu ne peux pas être aussi vieux que ça… Tu serais déjà mort.

– La Sorcière a le pouvoir de faire reculer l'âge de la mort. Selon un dicton, elle protège ceux qui la servent. Ça encourage ses serviteurs les plus proches à lui rester fidèles. Morpeth est presque aussi âgé que moi.

– Vous avez été enlevés tous les deux sur la Terre ? demanda Rachel. Vous faites partie des enfants qui ont grandi ici ?

– Oui, confirma Morpeth. Tout le monde sur Ithrea a été enlevé dans des conditions similaires à celles qu'Eric et toi connaissez. Dragwena nous empêche de devenir des adultes gracieux. Je crois que ça l'amuse de nous voir vieillir et de nous enlaidir tous de la même façon, au point de perdre nos traits originels. De même qu'elle empêche notre croissance, comme pour nous rappeler que nous serons toujours des enfants sur son territoire.

– Combien d'enfants vivent sur Ithrea ? demanda Rachel.

– Des milliers, répondit Morpeth. Certains vivent autour du Palais, ceux qui ont le plus de pouvoirs magiques et qui servent directement la Sorcière. Les autres sont éparpillés un peu partout sur la planète.

– Mais comment supportent-ils ce froid ? s'étonna Rachel. Comment arrivent-ils à survivre ?

– Ils vivent dans des souterrains, creusent des galeries... Ils se débrouillent comme ils peuvent.

Eric secoua la tête d'un air incrédule.

– Mais de quoi se nourrissent-ils ? Comment font-ils pour faire pousser quoi que ce soit ?

– Il ne pousse pas grand-chose sur Ithrea, marmonna Morpeth. Ils chassent ce qu'ils trouvent comme viande. Essentiellement des vers de terre. Mais il n'y en a pas beaucoup non plus. Ils cultivent aussi quelques herbes. Soit ils survivent de cette façon, soit ils meurent... (Il jeta un regard furtif à Trimak.) Chaque année, ils viennent ici de tous les coins d'Ithrea en bravant les tempêtes et la neige. Dragwena les oblige à nous apporter de la nourriture au Palais.

– À vous ? fit Eric.

Morpeth frotta son ventre tout rond.

– Oui. Dragwena pourrait nous procurer tout ce dont nous avons besoin, mais elle adore les voir se battre pour arriver jusqu'ici. Elle force les serviteurs du Palais à manger, en sachant que cela conduit les autres à mourir de faim. Ce spectacle lui plaît beaucoup.

Rachel lui posa doucement la main sur l'épaule.

– Est-ce qu'elle vous permet de… mourir un jour ?

– Les premiers enfants arrivés ici sont aujourd'hui tous morts, dit Morpeth. Quiconque résiste à la Sorcière est tué sur-le-champ, à moins, comme toi, de s'avérer prometteur. Dragwena les abandonne parfois aux meutes de loups, ou les laisse mourir de froid. Peut-être que ces enfants ont de la chance. Au bout du compte, la Sorcière finit par nous tuer tous, soit parce que nous sommes devenus trop vieux pour lui être utiles, soit parce qu'elle s'est lassée de nous. Sur Ithrea, personne ne meurt de vieillesse. À la fin de notre vie, Dragwena est toujours là pour nous faire souffrir une dernière fois et savourer ce moment.

Rachel et Eric restèrent silencieux.

– Quand j'ai été en contact avec l'esprit de Dragwena dans la tour-œil, reprit Rachel au bout d'un moment, j'ai senti qu'il avait existé dans le passé d'autres gens comme les Sarren. Des gens qui avaient tenté de résister secrètement. En fait, je crois que Dragwena veut que vous vous révoltiez. Ça lui plaît de vous laisser devenir une menace pour ensuite vous éliminer. À ses yeux, tout ceci n'est qu'un jeu.

– Tu as sans doute raison, dit Trimak d'une voix

rauque. Mais je suis certain que la Sorcière n'a encore jamais été confrontée à une enfant comme toi, Rachel. Elle n'a jamais rencontré d'enfant-espoir.

– Encore cette histoire…, fit Rachel. Qu'est-ce que c'est que cet enfant-espoir dont Morpeth et toi n'arrêtez pas de parler ? Expliquez-moi.

Morpeth lança un regard inquiet à Trimak, qui l'encouragea d'un signe de tête.

– L'enfant-espoir n'est rien d'autre qu'une légende, dit Morpeth. Personne ne sait d'où elle vient, ni ce qu'elle signifie vraiment, mais depuis des siècles elle se transmet de génération en génération sur Ithrea, même parmi les Neutrana. Cette légende parle d'une petite fille brune qui viendra tous nous libérer. Le poème original dont elle est tirée est assez court :

Brune enfant viendra,
Les ennemis libérera,
Chantez en chœur,
Du sommeil et de l'océan étincelant,
À l'aube, je surgirai…

– Pour voir éclater votre joie d'enfant, conclut Eric.

Tous les regards se tournèrent vers lui.

– Co… comment connais-tu la fin du poème ? balbutia Morpeth.

– Je ne sais pas, fit Eric, lui-même très intrigué.

– Quelqu'un a dû te le réciter, supposa Trimak.

Eric haussa les épaules.

– Je n'ai jamais entendu ce poème. Il est juste venu comme ça dans ma tête.

Morpeth lança un regard interrogateur à Rachel.

– Je ne le connais pas, dit-elle. Ces mots sont si... étranges. Qu'est-ce qu'ils veulent dire ?

– Qui sait ? fit Morpeth d'une voix amère. Peut-être rien. Peut-être tout. Tu es brune, et tes pouvoirs dépassent tout ce que nous avons pu voir jusqu'à présent. Nous espérions que tu saurais ce qu'ils signifiaient.

– Moi, je sais ce que certains veulent dire, affirma alors Eric.

– Quoi donc ? demanda Trimak dans un souffle.

Eric semblait hésiter, comme si les mots l'effrayaient.

– Les ennemis libérera, murmura Rachel. Est-ce que c'est nous, les ennemis ?

– Non, dit Eric, ce sont les Neutrana.

Morpeth frissonna.

– Qu'en est-il de la dernière partie du poème ? Quoi, ou qui, surgira du sommeil et de l'océan étincelant ? Le sais-tu ?

Le visage d'Eric s'éclaira brusquement. D'une façon tout à fait puérile que Rachel ne lui avait pas vue depuis qu'il était tout petit, il se mit à battre des bras.

– Vroum ! claironna-t-il en courant en rond dans la grotte. Vroum ! Vroum !

Les autres le dévisagèrent, fascinés. Au bout d'un moment, Eric se calma et revint s'asseoir, l'air tout penaud.

– Qu'est-ce que c'était que ça ? lui demanda sa sœur. Tu étais censé voler ?

– Non, dit Eric. Enfin... si, c'est possible. Oh, je n'en sais rien !

– Et « Chantez en chœur », qu'est-ce que ça veut dire ? demanda alors Morpeth.

– Aucune idée, bredouilla Eric, gêné par leurs regards.

– Allons, tu n'es pas sérieux, le réprimanda sa sœur.

– Mais si !

– Sois franc, dit-elle. Est-ce que quelqu'un t'a déjà récité ce poème ? Si tu mens, tu ferais mieux de me le dire tout de suite.

– Je ne mens pas !

Rachel s'accroupit devant lui, de façon que son regard soit au même niveau que celui d'Eric.

– D'accord, dit-elle. Je te crois. Mais réfléchis une minute. Dans mon rêve, le Magicien Larpskendya assurait à Dragwena que sa chanson serait toujours sur Ithrea. Est-ce que tu comprends ce que ça veut dire ?

– Non, je n'y comprends rien du tout, rétorqua Eric d'un air furieux. Arrête de m'embêter avec ça !

Dépitée, Rachel se tourna vers Morpeth.

– Je suppose que vous pensez que je suis celle qui doit vous libérer. Vous croyez que je suis votre précieuse enfant-espoir... Mais tous les espoirs que vous placez en moi reposent uniquement sur ce petit poème ? Sur quelques vers au sujet d'une enfant brune ?

– Oui, répondit Morpeth. Exactement.

– Mais les mots de ce poème... peuvent vouloir dire n'importe quoi !

Morpeth lui sourit. Des rides si profondes qu'on aurait pu s'y cacher apparurent sous ses yeux et plissèrent ses joues émaciées.

– Tu ne comprends donc pas ? s'écria-t-il. Jusqu'à maintenant, ils auraient pu vouloir dire n'importe quoi. Mais Eric connaît ce poème ! Et, à part moi, le seul contact qu'il ait eu sur Ithrea est Dragwena... La Sorcière n'aurait jamais été lui mettre ça dans la tête, j'en suis certain.

– J'ai peur, murmura Eric.

– Du poème ? lui demanda Rachel.

– Non... De Dragwena.

Il avait dit cela d'une toute petite voix. Rachel savait à quel point il était difficile à son frère d'avouer qu'il avait peur, surtout devant Morpeth et Trimak.

– Moi aussi, j'ai peur, dit-elle pour le réconforter. Mais j'en ai assez d'avoir peur d'elle, pas toi ?

Eric acquiesça vigoureusement.

– J'ignore si ce poème a un sens, dit Rachel en se tournant vers Morpeth et Trimak, mais je parie que Dragwena sait déjà que nous avons été enlevés et qu'elle ne va pas tarder à nous retrouver. Vous m'avez dit que si j'apprenais de nouveaux sortilèges, je serais capable de la combattre.

– Nous allons commencer ta formation immédiate ment, décida Morpeth. Eric restera avec Trimak.

– Non. Mon frère et moi restons ensemble.

– C'est trop dangereux, expliqua Trimak. Dragwena risque de l'utiliser comme arme contre toi.

– Je ne ferai rien tant que vous refuserez, dit-elle froidement.

– C'est trop dangereux, répéta Morpeth. Nous pourrons mieux protéger Eric si vous êtes séparés.

– Tu parles ! Vous n'avez pas la moindre idée de ce qu'il faut faire pour le protéger, riposta Rachel. Alors, arrêtez de prétendre le contraire. Je suis probablement plus capable de prendre soin de lui que tous les Sarren réunis. Vous devriez pourtant l'avoir compris.

– Très bien, dit Morpeth d'un ton résigné. Suivez-moi.

11. La magie

Morpeth entraîna les deux enfants hors de la grotte. Pendant quelques instants, ils marchèrent en silence d'un pas traînant sous le plafond bas des galeries glaciales.

Au fur et à mesure que Morpeth avançait, des portes rouges se mettaient à clignoter et s'éteignaient dès qu'il était passé. De temps à autre, il leur faisait franchir l'une de ces portes, dont chacune débouchait sur une autre galerie presque identique et d'autres portes, dans une succession apparemment interminable de tournants à angle droit.

Rachel avait le vertige.

– Comment reconnais-tu le chemin ?

– C'est magique. Cet endroit a été construit il y a longtemps, c'est l'œuvre secrète de quelques Sarren. Dragwena ignore tout de son existence. Vous êtes les premiers enfants à pénétrer ici.

– Où est-ce qu'on va ? demanda Eric en jetant des regards curieux autour de lui.

– Dans mon bureau, répondit Morpeth en s'arrêtant

devant une porte semblable à toutes les autres. Pensez-vous pouvoir retrouver le chemin de Worraft jusqu'ici ?

Rachel se tourna vers son frère, et tous deux firent non de la tête.

– Parfait, dit Morpeth. Seule une sorte de magie peut vous guider.

– La Sorcière pourra-t-elle nous retrouver ? demanda Rachel.

Avec du temps, sans doute. Mais il faudrait d'abord qu'elle trouve Worraft. Il n'y a pas d'autre moyen pour arriver ici, et Dragwena ne connaît même pas l'existence de la grotte. Du moins, je l'espère !

Il souffla trois fois sur la porte et poussa les enfants à l'intérieur.

Le « bureau » de Morpeth se résumait à une pièce exiguë de forme oblongue, meublée d'un lit, d'une table et d'une unique chaise.

– Que vas-tu faire pour m'aider à combattre la Sorcière ? demanda Rachel. Tu connais tellement de sortilèges et de…

– Moi ? s'esclaffa Morpeth. J'ai failli m'évanouir en essayant de rivaliser avec toi au petit déjeuner !

– Comment ça ?

– Tu te souviens des boucles d'oreilles des poissons ? Eh bien, j'ai dû mobiliser tout mon pouvoir pour arriver à en modifier la couleur !

Rachel le regarda, médusée.

– Je me demandais justement pourquoi elles n'arrêtaient pas de changer…

– Sans compter que tu as joué au jeu de l'échiquier avec Dragwena et que tu as gagné. Tous les enfants qui ont subi cette épreuve ont échoué, tous. Tu es l'enfant-espoir, ajouta-t-il en prenant Rachel par l'épaule. J'en suis convaincu.

– Mais comment pourrais-je vaincre la Sorcière ? Que vais-je devoir faire ?

– Il faut que tu apprennes de nouveaux sortilèges. Tu as également besoin de pratique. Dragwena, elle, s'entraîne depuis des siècles. Quand elle donne un ordre, elle est immédiatement obéie. Elle peut changer de forme en une seconde.

– Mais changer de forme est très difficile, dit Rachel, soudain découragée. J'ai réussi uniquement parce que j'avais peur. En quoi faudra-t-il que je me transforme pour affronter Dragwena ?

– Ça, je n'en sais rien, avoua Morpeth.

Rachel le regarda fixement.

– C'est incroyable... Tu t'attends à ce que ce soit moi qui le sache ?

– Ma foi... Mais inutile de penser à ça pour l'instant. Chaque chose en son temps. Veux-tu jouer à un jeu magique avec moi ?

Rachel soupira en repensant à la joie qu'elle avait ressentie lorsqu'elle s'était amusée à faire éclater des melons sur le mur dans la Salle du Petit Déjeuner.

Mais à présent, la magie ne lui apparaissait plus comme un jeu.

Eric s'installa confortablement sur le lit de Morpeth pour les regarder.

– Je voudrais que tu essaies encore une fois de changer de forme, commença Morpeth. Qu'est-ce qui serait un bon déguisement sur Ithrea ?

– Un flocon de neige ! répondit aussitôt Rachel, en s'empressant de s'imaginer en flocon flottant dans les airs. Alors ?

– Tes jambes sont aussi maigrichonnes que d'habitude, lui fit remarquer Eric.

– Ne t'en fais pas, dit Morpeth. C'est beaucoup plus difficile que tu ne le crois. Quand on a joué dans la Salle du Petit Déjeuner et qu'on a survolé les montagnes, Dragwena avait installé un tapis de magie tout autour de nous. Mais tu as très vite commencé à utiliser ta propre magie. Quand tu as volé vers le lac et que tu t'es changée en plume, ce n'est pas la magie de la Sorcière qui t'a permis de le faire. Tu as fait ça toute seule. Tu devrais pouvoir le refaire ici, mais il va falloir te concentrer très fort. Utiliser la vraie magie est très dangereux et exige beaucoup d'attention.

Rachel jeta un regard circulaire sur la pièce.

– Est-ce que je peux essayer autre chose ? Je n'ai pas très envie d'être un flocon. Je préférerais être un cheval… ou quelque chose de vivant.

– Un cheval, si charmant soit-il, aurait de la peine à tenir dans ce bureau, remarqua sèchement Morpeth. Je voudrais que tu résistes à l'envie de seulement devenir quelque chose. Il faut que tu fasses preuve de plus de discipline dans l'usage de tes pouvoirs.

– Je ne comprends pas.

– T'être changée en plume t'a sauvé la vie, expliqua-t-il. Mais c'est parce que tu es devenue ce qu'il fallait que tu sois à cet instant-là. Au moment de passer à l'attaque, Dragwena ne te laissera pas le temps de réfléchir. Face au danger, si tu veux tous nous sauver, tu devras te transformer en quelque chose d'approprié, peu importe de quoi il s'agira. Bon, maintenant, essaie de te concentrer.

Rachel se força à se détendre et fixa son attention sur l'image d'un flocon de neige. Elle passa ses doigts glacés sur son corps qui devint de plus en plus froid, au point qu'elle sentit ses paupières geler contre ses pupilles. À présent, la forme… Sa peau se plissa, ses os se rétrécirent, si bien qu'elle se réduisit bientôt à la taille d'une main, puis d'un doigt, puis d'un ongle ; rapetissant plus encore, elle devint si minuscule qu'elle n'était presque plus visible. Elle fit disparaître sa tête et ses membres avant de donner à son corps un aspect blanc et duveteux, bordé de cristaux anguleux. Tout ceci lui demanda un gros effort, mais pour la première fois elle prit conscience qu'elle pouvait contrôler sa transformation au lieu de réagir instinctivement. Alors, elle battit des cils et ouvrit ses nouveaux yeux de neige.

Morpeth et Eric avaient disparu – ce fut du moins ce qu'elle crut avant de se rendre compte qu'elle avait glissé le long du pantalon de Morpeth pendant quelques secondes. Elle se laissa tomber par terre en douceur. Elle se retrouva sur un sol dur et poussiéreux. À quelques mètres de là, la chaussure géante d'Eric se recula.

Avant même d'avoir eu le temps de s'habituer à son état de flocon de neige, Rachel remarqua une flaque d'eau autour d'elle. « Est-ce que je saigne ? » se demanda-t-elle. Et soudain, elle comprit : « Je ne suis pas en train de saigner, mais de fondre ! Je suis en train de me répandre sur le sol ! »

Une seconde plus tard, elle s'était transformée de nouveau : elle était maintenant une goutte d'eau.

Des petits courants liquides clapotaient ici et là dans son nouveau corps.

« Bravo », se félicita Rachel, qui n'éprouvait plus aucune crainte, mais seulement de la curiosité.

Cependant, une goutte d'eau serait plus intéressante si elle pouvait… s'envoler… comme un avion !

Aussitôt, elle décolla du sol en volant d'abord lentement, puis de plus en plus vite au fur et à mesure qu'elle découvrait comment utiliser son nouveau pouvoir. Elle se maintint à mi-hauteur en regardant autour d'elle. À quelques pas de là se dressait le nez de Morpeth, aussi gros qu'un autocar. Rachel décrivit trois cercles au-dessus de sa tête à toute vitesse, puis fila dans l'oreille d'Eric, d'où elle ressortit pour rouler sur ses joues, dans ses boucles blondes et sur son nez. Chic, une pente !

Elle dévala l'arête de son nez au bout duquel elle resta en suspens en se balançant d'avant en arrière. Jetant un coup d'œil en l'air, elle vit l'énorme visage d'Eric qui la regardait en louchant, aussitôt elle se retourna et plongea dans le vide.

« Je peux me permettre de tomber, je ne risque pas de me faire mal, puisque je ne suis qu'une goutte d'eau… », songea-t-elle.

Son petit corps explosa sur le sol en pierre, éclatant en centaines de minuscules goutelettes qui rebondirent dans tous les coins de la pièce. Affolée, elle essaya de s'imaginer de nouveau en petite fille…

Une grosse voix – celle de Morpeth – hurla :

– Non ! Reste comme tu es !

Rachel attendit avec impatience. Un instant plus tard, sa langue surgit devant elle. Puis elle vit ses jambes s'allonger, et tortilla le bout de son nez. Elle était redevenue une petite fille.

– C'était merveilleux ! s'exclama-t-elle. On peut recommencer ?

Morpeth la regarda droit dans les yeux.

– Espèce de petite sotte ! rugit-il. Sais-tu ce qui serait arrivé si tu avais repris ta forme quand tu étais éparpillée partout sur le sol ?

– Je…

Il la saisit par le bras.

– Eh bien, je vais te le dire : tu serais revenue sous la forme d'une petite fille en mille morceaux ! Tes bras, tes jambes et ta tête seraient réapparus chacun dans un coin de la pièce. Tu serais morte !

– Je… je suis désolée. Je ne savais pas. Tu ne me l'avais pas dit.

Morpeth laissa échapper un gros soupir.

– Lorsqu'on prend une autre forme, vois-tu, on devient vraiment ce qu'elle est.

– Je ne comprends pas.

– Imagine un lézard. Si tu te changes en lézard et qu'on te coupe la queue, rien ne t'empêchera de continuer à ramper partout, d'accord ?

Rachel acquiesça.

– Mais si tu te transformes à nouveau, il te manquera peut-être une de tes jambes. Personnellement, ajouta-t-il dans un sourire, je préfère les petites filles qui ont deux jambes, pas toi ?

Rachel baissa les yeux.

– Je tâcherai de m'en souvenir.

– Bien, fit Morpeth en s'étirant les bras. Quelle superbe créature tu es devenue ! Te regarder virevolter comme ça m'a donné le tournis.

Rachel pointa un doigt vers son visage.

– Tu as vraiment un très gros nez !

Morpeth se frotta le nez en riant.

– J'imagine qu'il doit paraître énorme à une goutte d'eau ! Allez, jouons encore un peu.

– Avant, dis-moi pourquoi j'ai eu du mal à redevenir moi-même.

– Redevenir ce qu'on est s'avère toujours plus compliqué, mais j'ignore pourquoi. Seule Dragwena arrive à le faire. Et pourtant, quand je t'ai vue là, éparpillée par terre, j'ai senti que tu pouvais essayer.

– Toi aussi, tu peux me faire redevenir ce que je suis. Tu l'as déjà fait deux fois.

– C'est un don qui me vient de la Sorcière. Dragwena redoute en permanence que des ennemis se cachent sous des formes quotidiennes : arbres, oiseaux ou loups. Il y a des siècles qu'elle m'a donné le pouvoir de défaire les choses – de les ramener à leur forme d'origine. Mais avant de t'avoir tirée de l'état de plume, j'ignorais que j'étais capable de le faire.

– Pourquoi n'arrives-tu pas à te transformer en plume ou en flocon de neige ?

– C'est un pouvoir que toi seule et Dragwena avez en commun, répliqua Morpeth. Tu es la première enfant à réussir à changer de forme. Tu es la première à avoir fait des tas de choses, ajouta-t-il en la regardant d'un air malicieux.

– Peut-être que je suis une sorcière, s'inquiéta Rachel.

– Je ne le crois pas, dit Morpeth avec un grand sourire. En tout cas, si tu en es une, tu es vraiment une adorable sorcière !

Eric, allongé sur le lit de Morpeth, serra l'oreiller dans ses bras.

– Je peux faire la sieste ? demanda-t-il en bâillant. Je suis très fatigué.

– Comment peux-tu être fatigué après ce que tu viens de voir ? s'étonna Morpeth. (Il prit une expression perplexe avant de se détendre à nouveau.) Il est vrai que la nuit a été longue. Bien sûr que tu peux faire la sieste. Je te réveillerai quand…

Mais Eric s'était déjà endormi.

Une fois qu'ils furent certains qu'Eric dormait, Rachel murmura :

– Et maintenant, qu'est-ce qu'on fait ?

– Si tu essayais d'être quelque chose de plus solide, cette fois ? proposa Morpeth en regardant alentour. Cette pièce est un peu vide, à mon goût. Si tu y mettais quelques meubles ?

Ravie, Rachel se transforma immédiatement en fauteuil à haut dossier avec des pieds en bois sculpté.

– Tu m'entends ? demanda Morpeth.

– Oui, voulut-elle répondre, avant de s'apercevoir que sa bouche se trouvait dans le cadre en bois. (Elle hissa sa bouche sur le coussin et plaça ses yeux juste au-dessus.) Voilà, je t'entends parfaitement !

– Très intéressant… Un fauteuil qui parle. Et ensuite ?

– Une table !

Rachel allongea ses jambes, fit disparaître le coussin et transforma le siège en une grande surface plane.

– Coucou ! fit-elle, tout essoufflée.

– Pas mal, la complimenta Morpeth. Maintenant, passons à quelque chose de beaucoup plus difficile. Peux-tu imaginer que tu es moi ?

– Quoi ? Tu veux dire… faire en sorte que je te ressemble ?

Morpeth fit un signe d'approbation.

– Je vais essayer, dirent les petites lèvres sur la table.

Rachel étudia Morpeth en détail : ses longs bras, la ligne de son gros nez aplati, ses vieilles joues émaciées… Elle examina ensuite son costume de cuir en s'efforçant d'imaginer l'effet que cela faisait de porter de très vieux vêtements.

– Alors ? fit-elle dès qu'elle eut fini.

– Juge par toi-même, répondit Morpeth en lui montrant un petit miroir accroché au mur.

Rachel s'en approcha, impatiente de voir le résultat. La créature qui la dévisageait était toute de guingois. Les vêtements étaient convenables, mais la barbe de Morpeth était à moitié terminée, et elle avait oublié de modifier les cheveux et de faire la mâchoire carrée. Le Morpeth qui la regardait dans le miroir était grossièrement ébauché, avec de longs cheveux bruns et un menton pointu comme le sien.

Elle éclata de rire… et se rendit compte que son Morpeth avait aussi ses petites dents.

– Oh, mon Dieu ! On dirait une sorte de Rachel-Morpeth.

La voix haut perchée était aussi la sienne. Elle avait oublié de changer ça également.

– Mmm, fit Morpeth. Imaginer qu'on est quelqu'un d'autre est beaucoup plus difficile, n'est-ce pas ? Les tables et les chaises n'ont ni dents ni voix. Il faut que tu réfléchisses soigneusement et que tu te souviennes de tout ce qui compose une personne, y compris ce que tu ne vois pas.

– En tout cas, j'ai plutôt bien réussi ton nez, dit Rachel en appuyant dessus.

– Ce n'est pas vrai. Ce nez est beaucoup trop gros.

Rachel vérifia dans le miroir.

– Non, dit-elle en le tortillant. Je trouve que ce nez est exactement comme le tien. Il est de la même taille.

Morpeth fronça les sourcils.

— Tu as peut-être raison.

— Tu veux que je le fasse plus petit ?

— Tu ne le trouves pas parfait comme ça ? Oh, bon, d'accord, pourquoi pas ?

Rachel fit un nez retroussé. Ensemble, ils l'observèrent dans le miroir.

— Pas mal, reconnut Morpeth. Mais tu ne pourrais pas me faire plus joli garçon ? Je te demande beaucoup, je sais !

Rachel essaya plusieurs combinaisons avant d'obtenir ce qu'elle voulait. La créature qui se tenait à côté de Morpeth était maintenant un grand jeune homme séduisant, avec des cheveux blond roux et des yeux d'un bleu perçant.

Morpeth le regarda, étonné.

— C'est vrai qu'il est plus beau comme ça. Mais est-ce qu'il me ressemble ?

— Je n'en sais rien, répliqua Rachel, hésitante. Dans le rêve que m'a fait faire Dragwena, je t'ai vu quand tu étais encore petit garçon. Tu lui ressembles un peu en version adulte.

— Tu dois avoir raison, marmonna-t-il en touchant son visage d'un air gêné. Il y a si longtemps que je ne suis plus un petit garçon que j'ai oublié… à quoi je ressemblais.

Il contempla tristement le sol.

— Je ne voulais pas te faire de peine, dit Rachel. Mais peut-être… peut-être que je peux te faire ressembler à ça pour de bon. Tu veux ?

— Je suis tellement vieux que je me moque pas mal de quoi j'ai l'air. De toute manière, c'est impossible… (Il se tut une seconde, puis leva les yeux vers Rachel.) Bon, d'accord, vas-y ! On va voir si tu y arrives !

Rachel réfléchit à la façon dont elle allait procéder. « Comment entrer à l'intérieur de Morpeth ? » se demanda-t-elle.

D'un seul coup, elle se transforma en un grain de poussière si minuscule qu'elle put se glisser dans les pores de sa peau. Un petit courant d'air dans la pièce la poussa plus loin. Reprenant son équilibre, Rachel atterrit sur les cheveux de Morpeth, dont elle évalua la texture et la sécheresse. Elle se déplaça avec précaution entre les mèches afin de les sculpter et de les rendre plus souples et plus soyeuses. Ensuite, elle arrondit les joues, lissa les rides et changea la couleur de ses yeux en un bleu plus profond. Elle se transforma alors en une petite paire de ciseaux pour tailler sa barbe hirsute. Au bout de plusieurs minutes de dur labeur, tout était terminé – enfin… presque ! Elle dut encore s'occuper des bras et des jambes, puis étirer le corps pour le faire plus grand. Un peu fatiguée, elle voleta jusqu'au milieu de la pièce et se transforma de nouveau en table.

Morpeth étais assis devant elle. Mais au lieu d'être le vieux nain tout ridé que Rachel connaissait, c'était à présent un grand jeune homme avec d'épais cheveux bouclés et un regard bleu rayonnant.

Lorsqu'il aperçut son reflet dans le miroir, Morpeth se pinça le visage comme s'il s'agissait d'un masque. Il cligna plusieurs fois des yeux… et son nouveau regard bleu battit des cils.

– Tu es devenu très beau garçon, dit la table.

– Comment as-tu fait ça ? s'émerveilla Morpeth. Tu ne devrais pas pouvoir transformer quelqu'un d'autre que toi. Dragwena est la seule à détenir ce pouvoir.

– Je n'en sais rien.

– Imagine de nouveau que tu es Rachel. Redeviens toi-même, dit Morpeth d'un ton ferme.

– Tu m'as dit que seule Dragwena pouvait faire ça.

– C'est ce que je croyais. À présent, je suis certain que tu en es capable.

Rachel sut aussitôt comment s'y prendre. Elle s'imagina en petite fille, vêtue d'un costume de cuir souple comme les Sarren. La manœuvre lui parut plus facile qu'auparavant. Cette fois, elle n'eut même pas besoin de se concentrer. Pleine d'assurance, elle s'approcha du miroir. La petite fille qui lui rendit son regard avait de grands yeux verts, un nez fin et un petit grain de beauté sur la joue gauche.

– J'ai réussi !

Morpeth en resta bouche bée. Puis il contempla son beau visage dans le miroir en faisant des grimaces pour s'habituer à ses nouvelles expressions.

Mais Rachel n'avait pas terminé. Brusquement, il lui vint des idées que Morpeth lui-même n'aurait jamais osé envisager. Elle imagina une autre Rachel qu'elle plaça à côté de lui, puis resta plantée là, aussi raide qu'une poupée en plastique. Quand elle fit faire un pas à l'autre Rachel, celle-ci avança avec la rigidité d'un robot. Aussi se concentra-t-elle encore plus fort pour lui donner des os, des ligaments et des muscles capables de bouger en souplesse, comme une vraie personne. Puis elle fit tendre les bras à la seconde Rachel dont les petits doigts se refermèrent sur les oreilles de Morpeth.

Il s'écarta d'un bond, stupéfait.

– Laquelle est moi ? demandèrent en même temps les deux petites filles.

Rachel sourit, et son double en fit autant.

Morpeth les regarda fixement tour à tour. Au début, elles lui parurent toutes deux identiques. Mais en y regardant de plus près, il remarqua que l'une des enfants avait quelque chose d'un peu terne. Il sourit, sûr de lui.

– C'est toi la vraie Rachel.

Remarquant elle aussi leur différence, Rachel fit disparaître l'allure fade de son double.

– Et maintenant, laquelle est Rachel ? demandèrent en chœur les deux enfants.

Morpeth les regarda attentivement, effleura leurs joues, leurs cheveux, puis les soupesa dans ses bras. Elles faisaient exactement le même poids – Rachel avait même pensé à ça ! Finalement, il haussa les épaules.

– Je ne sais pas. Je suis incapable de dire laquelle est laquelle. Vous avez l'air vrai toutes les deux.

Rachel gloussa de plaisir, puis souhaita que la seconde Rachel disparaisse. Ce qu'elle fit aussitôt.

Morpeth se laissa tomber lourdement sur la chaise, et ils se regardèrent en silence.

– Je... je ne sais plus quoi dire, confessa Morpeth. Les choses que tu fais sont en principe impossibles. Je n'ai aucune idée de la manière dont tu t'y prends.

– Je peux t'apprendre. Ce n'est pas difficile.

Morpeth caressa son tout nouveau menton.

– C'est moi qui suis censé t'enseigner des choses, grommela-t-il. Mais je vois que j'ai encore beaucoup à apprendre ! Je crois que...

Soudain, un bruit en provenance du lit attira leur attention. Eric venait de parler dans son sommeil.

– Il doit rêver, dit Rachel.

– Chut ! Écoutons ce qu'il dit.

Eric se retourna dans le lit.

124

– Quinze… À gauche. Huit. À droite. Quatre. À gauche. Six. À gauche. Deux…

Et il continua à énumérer une suite de chiffres mystérieux.

– Qu'est-ce qu'il raconte ? demanda Rachel. On dirait qu'il fait un drôle de rêve.

– Ce n'est pas un rêve ! s'écria Morpeth en se levant d'un bond. C'est le chemin qui mène ici par les galeries et les portes. Dragwena est en route !

– Qu'est-ce que tu veux dire ? Je croyais qu'elle ne pouvait pas nous trouver.

– Tu ne comprends donc pas ? La Sorcière nous a tous bernés ! Elle est restée seule avec ton frère pendant plusieurs heures et elle a dû lui jeter un sortilège de repérage !

Rachel posa sa main sur la bouche d'Eric. Bien que toujours endormi, il la repoussa brutalement en faisant preuve d'une force extraordinaire.

– À droite. Quatre. À gauche. Six. À droite. Deux.

Rachel éclata en sanglots.

– Il faut à tout prix l'arrêter…

– On n'a plus le temps !

Morpeth appuya quelque part sur le sol, et une petite porte s'ouvrit dans l'un des murs.

– Vite, dit-il. Il faut partir tout de suite !

– Mais on ne peut pas laisser Eric tout seul ici. Il faut l'emmener avec nous.

– Non ! cria Morpeth en se précipitant vers la sortie. Il est sous l'emprise de Dragwena. Nous ne pouvons rien faire pour lui pour l'instant. Viens avec moi.

Il franchit la porte et tendit la main à Rachel.

– Je ne partirai pas sans mon frère, cria-t-elle. Il n'est pas question que je le laisse ici !

Lorsqu'elle essaya de le soulever, il lui donna des coups de pied rageurs tout en continuant à dormir.

– Allons, viens, le gronda Rachel. Tu vas venir avec moi, que ça te plaise ou non !

Puis elle le tira jusqu'à la sortie et le poussa dans les bras de Morpeth.

– Nous ne pouvons pas l'emmener, dit celui-ci, l'air désespéré. Essaie de comprendre, Rachel. Dragwena le tient en son pouvoir. Partons vite avant qu'il ne soit trop tard !

– Pas sans Eric !

N'ayant plus le temps de discuter, Morpeth empoigna Eric sous un bras et tendit son autre main à Rachel.

– Je le tiens ! Maintenant, suis-moi ! Dépêche-toi !

Rachel fit un pas vers lui lorsqu'une rafale de vent la cloua sur place. La porte du bureau venait de voler en éclats.

Et sur le seuil se tenait Dragwena.

La Sorcière fixa du regard la porte derrière laquelle se trouvait Morpeth et la referma violemment. Rachel l'entendit s'enfuir dans la galerie en criant : « Rendez-vous à Hoy Point ! Hoy Point ! », tandis que le bruit de ses pas s'éloignait.

Deux gardes Neutrana surgirent dans le bureau et se postèrent de chaque côté de la Sorcière.

– Rouvrez la porte, dit l'un d'eux. Il faut tuer Morpeth.

– Inutile, dit Dragwena. Il ne pourra pas s'échapper. Nous nous occuperons de lui un peu plus tard.

Sans perdre une seconde, Rachel s'imagina sous la forme d'une épée lancée à la tête de la Sorcière, mais avant même qu'elle ait fini de se matérialiser, Dragwena la plaqua au sol.

– Allons, allons, quelles idées folles Morpeth est-il allé te fourrer dans la tête ? ricana-t-elle. Ma magie est plus forte que tout ce qu'il peut savoir. Crois-tu pouvoir me défier, mon enfant ? Crois-tu vraiment que je vais te laisser t'échapper ?

– Je ne te laisserai jamais te servir de moi pour faire du mal à qui que ce soit, riposta Rachel. Tu devras d'abord me tuer. Mon pouvoir magique est de plus en plus fort. Je peux me battre avec toi, à présent !

À l'aide de deux doigts, Dragwena souleva Rachel de terre, comme si elle ne pesait presque rien.

– Bientôt, tu voudras rester pour toujours à mes côtés, dit Dragwena. Tu n'auras plus envie de te battre contre moi. Et tu oublieras tous les autres. Je les chasserai de ton esprit.

– Je te déteste ! hurla Rachel en se débattant. C'est toi qui nous as fait venir ici… Les griffes noires dans la cave, c'était toi !

La Sorcière sourit d'un air satisfait.

– C'était moi, en effet, comme tant d'autres choses inexpliquées en ce monde. Mais tout ceci n'aura bientôt plus d'importance. Je vais faire de toi ma propre créature. (Elle caressa les cheveux de Rachel.) Tu tueras pour moi des tas d'enfants, et je te promets que tu y prendras grand plaisir.

Rachel coincée sous un bras, la Sorcière vola hors de la pièce et s'engouffra dans la galerie. Toutes les portes s'ouvrirent sur son passage. Rachel essaya de s'imaginer une nouvelle fois au bord du Lac Ker. Mais à chacune de ses tentatives, une vague de douleur envahissait son esprit en éparpillant ses pensées. La Sorcière ne la laissa pas se concentrer une seule seconde.

Quelques minutes plus tard, elles arrivèrent au bout

des galeries et traversèrent Worraft en continuant à voler. Ce ne fut qu'en sentant le vent glacial lui cingler le visage que Rachel comprit qu'elle était dehors. Des étoiles défilaient tout près de sa tête. Elle se contorsionna de son mieux et leva les yeux. Devant elle, la lueur verte de la fenêtre de la tour-œil se rapprochait à toute vitesse.

12. Le souffle du baiser

Dès que la Sorcière eut refermé la porte, Morpeth courut comme un fou le long du tunnel en portant Eric, toujours à moitié endormi. Au bout de quelques minutes, il s'arrêta et retint son souffle, l'oreille aux aguets, s'attendant à être poursuivi par Dragwena et une armée de Neutrana. Aucun bruit ne lui parvint. Il se laissa alors glisser sur le sol, soulagé d'être hors de danger, du moins pour l'instant.

« Espèce d'imbécile, tu étais censé protéger Rachel... Mais la voilà aux mains de la Sorcière... et tu ne la reverras plus jamais ! » se dit-il en donnant des coups de poing contre le mur.

Eric, qui était maintenant complètement réveillé, le regarda d'un air craintif.

– Que s'est-il passé ? Où est Rachel ?

Morpeth appliqua ses deux pouces sur le front du garçon mais ne sentit en lui aucune trace du pouvoir magique de Dragwena. Le sortilège que lui avait jeté la Sorcière, il le comprenait maintenant, n'avait pas dû être très puissant et s'était volatilisé dès que l'enfant

129

s'était réveillé. Morpeth grommela dans sa barbe. Pourquoi n'avait-il pas pensé plus tôt à l'examiner correctement ? Eric était un espion parfait, un piège idéal pour mener Dragwena vers Rachel et les Sarren. Depuis déjà longtemps, peut-être même avant l'arrivée de Rachel, Dragwena devait être au courant de sa trahison. Elle s'était servie d'Eric dans le but de découvrir les lieux secrets des Sarren, ce qui lui permettrait de les prendre au piège en dessous du Palais – où il lui serait alors facile de les massacrer.

« Je n'ai pas été assez méfiant, songea Morpeth. Moi qui croyais pouvoir dissimuler mes pensées à la Sorcière... Rachel se doutait pourtant que je me trompais ! »

Il s'obligea à se calmer, sachant qu'il allait très vite avoir besoin d'aide s'il restait encore une chance de la récupérer. Prenant Eric dans ses bras, il s'enfonça dans les profondeurs des grottes où Trimak se cachait. Lorsqu'il se rapprocha, il perçut des sons inquiétants : des cris entrecoupés de bruits métalliques.

Un combat se déroulait.

Morpeth s'avança à pas feutrés et dégaina son poignard qu'il n'avait encore jamais utilisé dans un vrai combat et n'avait pas pris la peine d'affûter depuis des années. Arrivé derrière la dernière porte, les voix lui parvinrent plus distinctement. Une voix grave, celle de Trimak, lançait désespérément des ordres.

– Nous allons devoir y aller, dit Morpeth à Eric. Si je dois me battre au corps à corps, je ne pourrai sans doute pas te protéger. Reste derrière moi, surtout ne t'éloigne pas. Au cas où je serais blessé, tu devras trouver d'autres Sarren pour veiller sur toi. Tu as bien compris ?

Eric hocha la tête, le regard rempli d'effroi.

« À cause de ma stupidité, tu ne seras plus nulle part en sécurité, mon garçon », se dit Morpeth avec amertume.

Puis il fit passer Eric derrière lui et enfonça la porte d'un coup d'épaule.

D'une main ferme, il empoigna son poignard et se jeta dans la bagarre.

Emprisonnée dans la griffe noire de la Sorcière, Rachel volait vers la tour-œil. Le vent violent lui ébouriffait les cheveux à mesure qu'elle prenait de l'altitude et que les autres bâtiments du Palais disparaissaient à sa vue. Le visage de Dragwena rayonnait de bonheur. Un de ses bras repliés tenait Rachel, et elle tendait l'autre en avant tel un canon de fusil en fendant la nuit noire.

Rachel savait que le temps pressait. Elle essaya d'utiliser ses pouvoirs magiques pour se libérer de son étreinte mais chaque fois qu'elle tentait de se métamorphoser, des poils-serpents surgissaient de la tête de la Sorcière et recouvraient son visage pour l'empêcher de se concentrer.

– Penses-tu que ta magie puérile puisse quelque chose contre une vraie sorcière ? dit Dragwena. Je commande tous les pouvoirs magiques de ce monde. Rien de ce que tu fais ne pourra jamais me faire de mal.

Rachel continua néanmoins à donner des coups de pied dans tous les sens et à se débattre comme une folle pour échapper à ses griffes.

Dragwena monta en flèche vers la fenêtre verte de la tour-œil et d'un seul coup, elles traversèrent la vitre.

Rachel, qui s'attendait à se retrouver tailladée en mille morceaux, constata avec surprise que le verre n'avait même pas tremblé. La vitre s'était simplement liqué-fiée le temps qu'elles passent au travers.

Une fois dans la tour, Dragwena jeta Rachel à même le sol. Son dos saignait légèrement à l'endroit où s'étaient enfoncés les ongles de la Sorcière. Ignorant la douleur, elle regarda vers la fenêtre, prête à sauter à travers, mais l'épaisse vitre verte s'était reformée.

Quelqu'un frappa timidement à la porte.

– Entrez ! tonna Dragwena.

Trois soldats Neutrana avancèrent d'un pas hésitant dans la salle et se courbèrent respectueusement.

– Des nouvelles de Morpeth ? demanda Dragwena.

– Non, nous n'avons pas encore retrouvé cette ver-mine, répondit l'un des soldats. Mais il ne nous échap-pera plus très longtemps. Nos hommes sont en train de se battre contre ce qu'il reste des Sarren. Nous sommes dix fois leur nombre. Et des sentinelles gardent toutes les issues de la grotte. Nous les pourchassons un à un.

Dragwena se frotta les mains d'un air joyeux.

– Tuez-les jusqu'au dernier ! dit-elle. Je veux que vous retrouviez tous les rebelles et que vous les éliminiez. Brûlez leurs corps. Rassemblez leurs familles, ainsi que toute personne soupçonnée de les aider. Bientôt, il ne restera plus un seul Sarren. (Brusquement, elle cracha à la face du Neutrana.) Je vais vous donner une leçon dont votre peuple se souviendra !

Le soldat acquiesça d'un signe de tête, mal à l'aise, et se retourna, prêt à s'en aller.

– Attends ! ordonna Dragwena. Dis à tes hommes qu'il y aura une récompense spéciale pour celui qui m'apportera la tête de Morpeth avant la fin de la journée. Je veux ce traître. Si je lis correctement dans les pensées de cette enfant, ce devrait être un homme séduisant, plus grand que les autres, avec – ah! – de superbes yeux bleus. Vous veillerez à les lui arracher avant de le tuer.

La Sorcière se détendit quelque peu ; ses bras retombèrent le long de son corps, puis elle pointa un doigt vers Rachel.

– Écoutez-moi bien, siffla-t-elle. Cette enfant et moi ne devons pas être dérangées pendant une heure. Informez-en vos gardes et mes serviteurs. Que l'on ne nous dérange sous aucun prétexte.

À peine les soldats Neutrana repartis, la Sorcière traversa la pièce d'un bond et gifla Rachel en pleine figure.

– À présent, assez joué avec Morpeth et ses amis ! Bientôt, ils seront tous morts… si ce n'est déjà fait. J'ai assez perdu de temps comme ça. Le moment est venu de te transformer en quelque chose de plus utile.

Rachel se traîna au fond de la salle.

Dragwena la suivit d'un pas tranquille.

– Je pense que nous devrions améliorer ton apparence, dit-elle. Par où allons-nous commencer ? Par ces petites dents, peut-être.

Et d'un seul coup, les quatre mâchoires de la Sorcière bondirent en direction de Rachel.

Morpeth franchit la porte. La grotte grouillait de soldats Neutrana armés et entraînés par la Sorcière. Plusieurs d'entre eux gisaient à terre, mais le nombre de Sarren tués ou blessés était beaucoup plus important ; comme ils ne s'étaient pas attendus à devoir se battre, la plupart étaient sans armes. Les Neutrana, impitoyables, les pourfendaient de leurs épées.

Alors que Trimak se tenait sur la ligne défensive en compagnie d'un petit groupe de Sarren munis de poignards, Morpeth aperçut plusieurs dizaines de nouvelles troupes Neutrana qui arrivaient des deux côtés dans la grotte.

– Par ici ! lança-t-il. Il y a une sortie de secours !

– Quoi ? fit Trimak en scrutant la pénombre tout en continuant à se battre. Mais… qui es-tu ?

– C'est moi, Morpeth ! Fie-toi à ton instinct !

Trimak dévisagea cet homme qui ne ressemblait en rien à son vieil ami et qui avait cependant la même voix.

– C'est bien moi ! lui dit Morpeth. Rachel a modifié mon apparence !

Trimak, hésitant, ordonna à ses hommes de suivre l'inconnu.

Les quelques Sarren qui n'étaient pas déjà acculés dans un coin s'empressèrent de suivre son ordre et traversèrent la grotte en courant. Aussitôt, les Neutrana se ruèrent sur Morpeth. Quatre Sarren, mieux armés que les autres, ferraillèrent furieusement avec eux pour les faire battre en retraite.

– Allez-y ! cria l'un d'eux à Trimak. Nous allons essayer de les retenir le plus longtemps possible !

– Non, Grimwold. Nous devons partir tous ensemble ! Le moment est mal choisi pour sacrifier ta vie.

– Si ce n'est pas le moment, ça ne le sera jamais ! hurla Grimwold.

Au même instant, la lame d'un Neutrana lui entailla profondément la joue. Sans y prêter attention, il se mit à invectiver les soldats de la Sorcière.

– Allez, bande de lâches ! Venez donc voir un peu par ici !

– Obéis aux ordres ! lui intima Trimak.

Le dernier Sarren s'esquiva par la porte qu'avait ouverte Morpeth. Une fois qu'ils furent tous de l'autre côté, Grimwold leva son bras droit en faisant un moulinet au-dessus de sa tête.

Aussitôt, ses hommes bondirent à travers la porte.

Trimak la referma. A l'intérieur du tunnel étaient maintenant rassemblés huit Sarren, ainsi que Morpeth, Eric et Trimak. Tous les autres étaient morts ou s'étaient échappés par une autre issue. Épuisés, ceux qui avaient survécu au combat s'assirent par terre pour reprendre leur souffle, et certains se rendirent compte tout à coup qu'ils étaient blessés. Dans la grotte, les Neutrana s'élançaient de tout leur poids contre la porte pour la faire céder.

— Ils ne vont pas tarder à l'enfoncer, murmura l'un des Sarren.

Trimak se tourna vers Morpeth.

— Si tu es vraiment celui que tu prétends être, tu dois être capable de sceller cette porte.

Morpeth avança sa paume droite, et les gonds de la porte commencèrent à fondre lentement dans la pierre.

Même Grimwold, qui ne se laissait pas facilement impressionner, posa un regard étonné sur l'homme aux cheveux blond roux.

— Le Morpeth que je connais est un affreux vieux diable, dit-il. Je ne sais pas qui t'a rendu si séduisant, mais j'irais volontiers le consulter !

— Où est Rachel ? demanda Trimak.

— Dragwena nous a retrouvés. Je n'ai pas pu l'en empêcher.

— Alors, il faut récupérer l'enfant ! aboya Grimwold. Où conduit ce tunnel ?

— À des tas d'endroits, répondit Morpeth. Mais la plupart des sorties sont gardées. Il existe toutefois un chemin que Dragwena et moi sommes seuls à connaître. Il débouche directement dans la tour-œil. Si nous agissons vite, je pense qu'un petit nombre d'entre nous pourrait y parvenir.

– Les gardes de la Sorcière doivent patrouiller partout, objecta Trimak. Surtout en ce moment.

– Je doute qu'ils soient très nombreux, rétorqua Morpeth. S'il y a une chose à laquelle Dragwena ne s'attend pas, c'est bien à une attaque. Surtout menée contre elle. La plupart des soldats Neutrana sont encore dans les grottes. Il ne doit pas en rester beaucoup au Palais.

– Qu'attendons-nous pour y aller ? dit Grimwold. Il y a longtemps que je veux tuer cette vieille peau !

– Notre objectif est de libérer Rachel, lui rappela Morpeth. Dragwena serait trop contente de se battre. Il va falloir trouver un moyen de la distraire.

– Peut-être qu'elle dirige la bataille dans les grottes, suggéra l'un des Sarren.

Morpeth répondit calmement :

– Non. Pour elle, cette bataille est déjà gagnée. Elle va travailler sur Rachel sans perdre une minute. Le sommeil-rêve aura déjà à moitié préparé l'enfant. Rachel n'est pas restée assez longtemps avec moi pour apprendre à renforcer ses défenses. La Sorcière aura vite fait de la briser.

Les Sarren ramassèrent leurs armes et s'éloignèrent d'un pas solennel le long du tunnel tortueux.

Dans la tour-œil, Dragwena sourit à Rachel.

Puis elle sortit de sa robe une lame fine et pointue qu'elle enfonça dans la paume de Rachel.

136

Rachel fit un bond en arrière en refermant la main.
– Qu'est-ce que tu as fait ?

Les quatre rangées de dents de la Sorcière sourirent en même temps.

– J'ai amorcé le sortilège de transformation. Bientôt, tu commenceras à me ressembler.

D'une glissade, la Sorcière fila à l'autre bout de la pièce allumer une longue bougie effilée. Dans la cire était gravé un cercle au milieu duquel se trouvait une étoile à cinq branches. La flamme vacilla dans une froide lueur verte. La Sorcière alla ensuite s'asseoir dans un fauteuil en laissant Rachel debout au milieu de la salle. Pendant quelques minutes, elles se regardèrent fixement sans dire un mot. Puis la Sorcière embrassa la tête de son serpent tandis que Rachel se frottait la main, en essayant de décider quoi faire. Elle entendait des gens passer dans le couloir en murmurant des ordres. Derrière elle, la fenêtre verte de la tour-œil dominait les bâtiments du Palais, mais elle savait qu'il n'y avait aucun espoir de s'échapper par là.

Étrangement, Rachel se sentit se relaxer. La blessure au creux de sa main ne lui faisait plus mal. Elle respira profondément. La bougie diffusait un délicieux parfum. Elle huma la fumée, vaguement consciente qu'elle pénétrait son nez et sa bouche. Elle bâilla – puis tressaillit. Pourquoi était-elle si fatiguée ? Ses paupières se firent lourdes, et alors qu'elle luttait pour rester éveillée, elle reconnut l'impression qu'elle avait éprouvée lors de sa dernière visite dans la tour, tout en étant une fois encore incapable de la combattre.

Le serpent se déroula lentement du cou de sa maîtresse en dressant la tête. Rachel essaya en vain de se détourner mais il remuait langoureusement d'avant en arrière en effleurant ses paupières du bout de sa langue. Très vite, Rachel ne put empêcher ses yeux de se fermer. Dans un ultime effort, elle entrouvrit les lèvres, et les mots mirent une éternité à sortir de sa bouche.

– Qu'est-ce... qui... m'arrive ?

– Ce qui t'arrive ? répliqua doucement Dragwena. Mais rien du tout. Nous sommes là, tranquillement assises, ensemble, toi et moi.

Rachel lutta pour se ressaisir. « Il faut que j'arrête de respirer cette fumée et que j'éteigne cette bougie », se dit-elle. Aussitôt, elle ordonna à ses muscles tétanisés de réagir.

Mais elle se rendit compte qu'elle ne voulait pas bouger. L'idée même de résister à la Sorcière lui était sortie de la tête. Une agréable chaleur se répandait sur son cou et ses épaules. Sa gorge et ses lèvres la picotaient. Elle se détendit bientôt complètement, oubliant Eric, les Sarren et la Sorcière, puis elle s'allongea par terre et sombra dans le sommeil. Lorsqu'elle se réveilla, rien n'avait changé dans la salle. Dragwena la regardait d'un air bienveillant, son serpent enroulé autour du cou.

– Alors, tu te sens mieux ?

Rachel eut toutes les peines du monde à hocher la tête.

– Tu vois, reprit Dragwena avec douceur, je n'ai rien d'une créature épouvantable, en fin de compte.

Une créature épouvantable ? Rachel se demanda vaguement de quoi elle voulait parler.

– Nous pouvons bavarder, si tu veux. Nous pouvons communiquer par l'esprit.

– Mmm...

– M'entends-tu ? demanda Dragwena sans remuer les lèvres.

– Oui.

– Te souviens-tu de tes amis ?

L'image de quelques enfants traversa l'esprit de Rachel, sans qu'elle parvienne toutefois à les reconnaître.

– Te souviens-tu des Sarren qui t'ont enlevée ?

Les Sarren ? Ce nom ne lui disait rien, ce dont Rachel se moquait d'ailleurs éperdument. La seule chose qui l'intéressait, c'était d'écouter la voix mélodieuse de la femme.

– Ces Sarren t'ont raconté des mensonges à mon sujet, dit la Sorcière. Sans compter qu'ils ont voulu te tuer. T'en souviens-tu ? Te rappelles-tu le moment où ils ont voulu te tuer ?

Une nouvelle image passa devant les yeux de Rachel, celle d'un nain qui tenait un couteau contre sa gorge. Elle vit Dragwena se précipiter vers lui pour le désarmer.

Rachel sourit intérieurement.

– Merci.

– Je t'en prie, rétorqua Dragwena.

Puis elle se tut un instant, convaincue que Rachel était désormais en son pouvoir et n'avait plus besoin que d'une seule chose : qu'on lui donne un nouvel objectif pour exercer ses dons exceptionnels.

– Tu es une enfant très spéciale, reprit Dragwena. Je veux que tu restes à mes côtés à tout jamais. Nous régnerons ensemble, toi et moi. Mon royaume est si vaste… J'aurai besoin de ton aide. Regarde…

Aussitôt, Rachel se vit en train de voler dans le silence d'un immense espace. Un énorme soleil s'embrasa dans son dos et des couronnes d'étoiles entourè-rent son cou et ses épaules. Elle portait une robe noire, et lorsqu'elle tendit le cou, un serpent aux yeux rouge rubis caressa son menton. Elle baissa les yeux, au-des-sous d'elle tournait une petite planète parsemée de nuages blancs et d'océans d'un bleu étincelant. N'éprouvant aucune difficulté à voler, elle ne ressen-tait ni le vent ni le froid. Elle rasa les mers et les rivières avant de survoler, bras écartés, les montagnes et les plaines. Et où qu'elle aille, de gigantesques armées d'enfants la suivaient, se disputant la meilleure place pour la regarder passer.

– Rachel! Rachel! chantaient-ils en brandissant leurs longues épées effilées.

Tout à coup, une main se posa doucement sur la sienne. Dragwena volait près d'elle, et le bout de leurs doigts se touchait.

– Veux-tu régner avec moi? demanda Dragwena.

Rachel réalisa avec bonheur qu'elle ne désirait rien de plus au monde. Elle sourit, et son serpent embrassa celui de Dragwena, comme ont coutume de le faire les Sorcières pour se saluer…

À cet instant, une bagarre éclata à l'extérieur de la tour-œil, venant distraire Dragwena. Les gardes Neutrana, surpris, bondirent dans la salle. Il s'ensuivit un bref combat effréné, très vite interrompu par les cris des Sarren qui s'élancèrent de toutes leurs forces contre la lourde porte.

Rachel, toujours sous le charme envoûtant de la Sorcière, n'y prêta pas attention.

Des coups réguliers résonnèrent contre la porte. Au bout d'un moment, les énormes gonds cédèrent sous la violence de l'assaut et la porte vola en éclats. Un courant d'air glacé s'engouffra dans la salle en soufflant la bougie.

Peu à peu, Rachel sortit de sa torpeur et se tourna vers la porte.

Sur le seuil, flanqué de part et d'autre de ses hommes, se tenait Grimwold.

D'une main, il brandissait une longue épée, et de l'autre un couteau. Les deux armes étaient couvertes de sang. Les cadavres des gardes de la Sorcière gisaient dans le couloir.

– Je suis venue te tuer, Dragwena, dit Grimwold dans un souffle.

La Sorcière considéra ses armes d'un regard amusé.

– Et c'est avec ça que tu comptes me tuer ? Pour tuer une grande sorcière, il faut des épées magiques, bénies par des magiciens. Tu ne le savais pas ?

– Peu m'importe ! rugit Grimwold. Je vais te tuer, quitte à y perdre la vie.

Trois des Sarren s'élancèrent alors vers la Sorcière. Dragwena se contenta de lever un doigt, et un mur vert transparent apparut entre elle et ses assaillants. Grimwold fonça droit devant lui, mais à la seconde où la pointe de son épée entra en contact avec le mur, elle sauta dans la paume de la Sorcière. Il regarda avec étonnement Dragwena mettre calmement la lame de côté.

– Je crois que j'ai vu assez d'armes pour aujourd'hui, dit-elle. Permettez-moi de vous accueillir à ma manière, mes braves.

Elle avança les fines lèvres qui recouvraient ses quatre rangées de dents et leur envoya doucement un baiser. Comme dans un film au ralenti, le souffle-baiser s'éloigna des bouches de Dragwena pour se diriger paresseusement vers les Sarren. Lorsqu'il atteignit le mur transparent, il se répandit à l'intérieur de la paroi en formant un tourbillon. Les Sarren échangèrent un regard incrédule.

Entre-temps, Rachel avait essayé désespérément de retrouver sa voix.

– Sor… sortez, lança-t-elle. Quittez cette salle !

Grimwold se tourna vers Rachel, qu'il n'avait pas encore remarquée.

– L'enfant-espoir, murmura-t-il, émerveillé.

A l'intérieur du mur, le souffle-baiser se tortillait furieusement, prêt à passer à l'attaque.

– Allez-vous-en ! cria Rachel. Vite !

– Trop tard ! soupira la Sorcière en riant.

Comprenant soudain ce qui se passait, Grimwold entraîna ses hommes vers la porte. Mais au moment où ils se retournèrent, le souffle-baiser transperça le mur et les projeta sur le sol en pierre du couloir.

Les Sarren gisaient en tas à côté de leurs épées brisées.

– Non ! gémit Rachel.

Dragwena l'ignora et alla inspecter les cadavres des Sarren.

Rachel ravala ses larmes, consciente de tenir là une dernière chance de s'échapper. Il fallait qu'elle se métamorphose le plus vite possible pendant que Dragwena était occupée. En quoi allait-elle se changer ? En quelque chose de trop petit pour être vu. Elle réfléchit à toute vitesse… Un grain de poussière ! Oui, ça pouvait marcher…

À peine transformée, elle prit soin de placer une autre Rachel dans la pièce. Dragwena, le sourire aux lèvres, continuait d'examiner un à un les Sarren.

Parfait. Elle n'avait rien remarqué. Rachel était maintenant un petit grain de rien du tout, incroyablement léger, si léger que le premier courant d'air l'emporta. Elle se laissa flotter en direction du couloir.

Se désintéressant des Sarren, la Sorcière jeta un regard suspicieux à la fausse Rachel.

– Parle-moi ! lui ordonna-t-elle.

Rachel essaya de faire parler la fausse Rachel, mais s'imaginer en même temps être un grain de poussière était trop compliqué. Elle flotta doucement et franchit la porte. Soudain, Dragwena écarquilla les yeux en comprenant ce qui se passait. Elle plongea la main dans la poche de sa robe d'où elle sortit une lame incurvée et poignarda la fausse Rachel en plein cœur.

La vraie Rachel poussa un hurlement – un cri humain, puissant et douloureux, qui révéla l'endroit où elle se trouvait.

Manquant s'évanouir de douleur, Rachel se donna des petites ailes et voltigea en bas de l'escalier en cherchant désespérément une fenêtre. Il devait bien y avoir un moyen de sortir…

Un courant d'air souffla au-dessus d'elle – Dragwena était en train de voler vers elle. Une grosse langue surgit de sa bouche pour goûter l'air et détecter la présence de Rachel. Au même instant, quelque chose suggéra à Rachel de reprendre son apparence de petite fille, et elle sentit son corps de poussière commencer à se modifier.

« Non ! » se dit-elle rageusement en conservant sa forme.

Une fenêtre… Elle était fermée, mais une fissure dans le montant lui permit de se faufiler. L'espace d'une seconde, elle se retrouva dans l'obscurité, puis déboucha dans une nuit noire encore plus vaste où scintillaient des étoiles.

Un flocon de neige la heurta avec la force d'une avalanche. Elle se ratatina sur elle-même, tremblant de tout son corps à force de s'empêcher de redevenir une petite fille.

Elle jeta un coup d'œil en arrière. Devant la fenêtre ouverte se tenait Dragwena, le bras tendu. Rachel voulut s'éloigner, mais une griffe géante se referma sur elle. Dans un instant, tout ce que Morpeth avait fait, tout ce pour quoi les Sarren s'étaient battus et avaient sacrifié leur vie serait réduit à néant.

« Non ! Non ! se dit-elle. Il faut que je m'échappe… Je peux y arriver ! »

Elle repensa à la course qu'elle avait faite avec Morpeth jusqu'au lac, et se vit en train de regarder les eaux gelées, loin de la tour-œil.

Elle fut prise d'un haut-le-cœur, et quand elle osa regarder de nouveau, ce ne fut pas le visage de Dragwena qu'elle découvrit devant ses yeux, mais le givre scintillant qui recouvrait le Lac Ker. De très loin, un cri de rage lui parvint du Palais tandis que la griffe de Dragwena se refermait sur le vide.

Rachel frissonna en sentant les flocons s'amonceler sur sa tête. Elle n'avait plus assez de force pour reprendre son corps d'enfant et la neige qui tombait sans interruption l'enfouissait peu à peu sous des mottes duveteuses d'un froid mordant.

« Je vais me reposer là un moment, songea-t-elle. Et ensuite, je réfléchirai à ce que je peux faire. Je… »

D'épuisement, ses yeux de grain de poussière se refermèrent.

13. Le voyage dans la neige

Sur Ithrea, le matin était radieux, l'air transparent, et la brise légère faisait à peine frémir les plumes du grand aigle blanc, Ronnocoden. À plus de mille mètres au-dessus de la tour, il planait en décrivant de larges cercles, observant attentivement ce qui se passait à terre.

Les portes du Palais étaient grandes ouvertes, il s'en déversait une armée impressionnante de soldats-traqueurs Neutrana, équipés pour un long voyage. La colonne se dirigeait vers le nord, en direction des Monts Déchiquetés. La majorité des soldats s'étaient battus comme des forcenés contre les Sarren dans les tunnels du Palais mais, néanmoins, la Sorcière ne leur avait accordé aucun répit, pas plus qu'à elle-même. Toute la nuit, elle avait travaillé sur le sortilège dont elle avait besoin : les soldats Neutrana qui franchissaient les portes étaient maintenant dotés de museaux de chiens ultra-sensibles qu'ils tenaient tout près du sol. Une seule et unique odeur retenait leur attention : l'odeur de la magie de Rachel, et ils se déployaient à un rythme régulier sur un large sentier. De temps à autre, l'un d'eux humait la neige, flairant une piste ou une autre, avant de se remettre aussitôt en marche.

L'aigle redressa la tête pour regarder au loin vers l'extrême nord. Là, au milieu des montagnes et des vallées des Monts Déchiquetés, il aperçut des Neutrana métamorphosés qui avançaient en compagnie d'autres créatures : des loups qui avaient la taille d'ours noirs et des yeux jaune vif. Tels d'étranges chiens géants, ils se déplaçaient à grands bonds, le museau au ras de la neige, avec au milieu d'eux Dragwena qui les caressait et les encourageait en leur indiquant de quel côté chercher.

Ronnocoden descendit en planant. Et soudain, ses pupilles perçantes, d'un gris de pierre, distinguèrent un point blanc sur le blanc, une silhouette qui avançait d'un pas traînant sur la neige en direction du Lac Ker. Tout en bas, la silhouette s'arrêta, ajusta son capuchon, puis ses yeux bleus se levèrent et reconnurent l'oiseau.

D'un battement d'aile, Ronnocoden lui indiqua qu'aucun œil espion ne surveillait les jardins du Palais. Puis il fila à tire-d'aile vers le sud, disparaissant en quelques secondes derrière les hauts nuages.

Au sol, la créature venait d'arriver au bord du lac. Elle se pencha, pressa sa joue sur la neige à proximité d'une souche d'arbre en forme de champignon et prononça deux mots à voix basse avant de reculer d'un pas.

Aussitôt, une petite fille apparut.

La créature se hâta de l'envelopper dans une cape blanche semblable à la sienne.

– Morpeth ! s'écria Rachel.

– Tu es en vie ! dit-il en frottant ses joues gelées. Je craignais le pire. Je pensais que… Je suis vraiment très content de te revoir !

– Oh, Morpeth, gémit Rachel en claquant des dents, je suis frigorifiée. Je suis restée sous la neige pendant des heures. Je n'arrivais plus à me transformer. (Elle jeta un regard alentour.) Où est Eric ?

Morpeth plongea la main dans les grandes poches de sa cape. Il en sortit une petite veste de fourrure, de gros gants, un pantalon matelassé et une paire de bottes fourrées identiques à celles qu'il avait aux pieds. Puis il glissa un petit couteau dans la poche de Rachel.

– Eric va bien, dit-il alors. Il est parti à plusieurs kilomètres au sud avec Trimak, dans un réseau de grottes qu'on appelle Latnap Deep. Je vais t'y conduire.

– J'ai fait tout ce que j'ai pu pour aider les Sarren, expliqua Rachel. Mais je n'avais aucune idée de ce que Dragwena voulait faire. Et puis elle a envoyé ce baiser et… (son regard se fit implorant) Dragwena s'est servie d'Eric pour me retrouver, n'est-ce pas ? Je t'en supplie, Morpeth, ne lui en veux pas. Ce n'est pas de sa faute si…

– Je sais, la rassura Morpeth. Eric est redevenu lui-même, à présent. (Il se tourna vers les jardins du Palais.) Tôt ou tard, l'un des soldats-traqueurs de Dragwena finira par repérer ta trace. Il faudrait qu'on soit déjà loin au moment où ça se produira.

– Mmm, fit Rachel en jetant un coup d'œil sous sa cape. Comment allons-nous rejoindre ces grottes ? Grâce à la magie ?

– J'aimerais bien… Mais ma magie n'est pas assez puissante pour nous emmener. Il n'y a que toi qui sois capable de te transporter d'un endroit à l'autre comme

Dragwena. Pour ma part, je ne peux compter que sur mes pauvres vieilles jambes.

– Je pourrais te porter. Je suis sûre que je peux y arriver. Comme ça, nous volerons ensemble jusqu'à Latnap Deep.

– Essaie déjà de t'imaginer à quelques mètres d'ici, dit Morpeth. Mais ferme bien ta cape. Il ne faut pas qu'on nous voie.

– J'ai perdu toute ma magie, se désola Rachel après plusieurs vaines tentatives.

– Non, tu es juste épuisée d'avoir mis tant d'énergie à échapper à Dragwena. Un peu de repos arrangera ça, mais il te faudra sûrement plusieurs heures avant de récupérer complètement. Nous allons devoir marcher. (Il l'aida à enfiler ses bottes.) La Sorcière a peur, désormais. Elle n'arrive pas à croire que tu l'aies surpassée.

– Elle ne donne pourtant pas l'impression d'avoir peur, dit Rachel en repensant à la facilité avec laquelle Dragwena s'était débarrassée de Grimwold et de ses hommes. Elle ne peut quand même pas avoir peur de moi.

– Oh, mais si ! La Sorcière te cherche partout depuis l'aube. Heureusement, elle te croit dans les Monts Déchiquetés. C'est la première fois que je la vois participer personnellement à des recherches. Elle doit être extrêmement inquiète, ajouta-t-il avec un sourire.

– Pourquoi me croit-elle là-bas ?

– Tu te souviens, au moment où j'ai quitté la grotte, quand j'ai crié « Rendez-vous à Hoy Point » ?

Rachel acquiesça.

– C'est un sommet dans les montagnes. Je n'ai pas pensé une seconde que Dragwena allait le croire. J'ai dit ça uniquement pour la mettre sur une fausse piste, au cas où tu parviendrais à t'échapper. (Morpeth eut un sourire malicieux.) On dirait que ça a marché. En tout cas, ça va la retarder un petit moment.

– Comment as-tu su où j'étais ? Je croyais que personne n'arriverait à me retrouver en dehors de Dragwena.

– J'ai deviné que tu reviendrais près du lac si tu étais en danger. C'est là que nous sommes venus quand nous avons volé ensemble la première fois. Évidemment, tu aurais aussi pu aller dans la Salle du Petit Déjeuner ou dans ta chambre au Palais – mais je me suis douté que tu n'irais nulle part où Dragwena te trouverait facilement.

– Je n'ai même pas pensé à ça, dit Rachel avec franchise. Je n'en ai pas eu le temps.

– Alors, soyons au moins reconnaissants à Dragwena pour ça ! (Il enroula l'écharpe autour du cou de Rachel, puis reprit la parole d'un ton plus résolu.) Allons-y. La route est longue jusqu'à Latnap Deep. J'avais prévu d'y aller à dos d'aigle, mais le ciel est si dégagé que les espions de Dragwena auraient vite fait de nous repérer. On ne peut pas prendre ce risque.

– Comment peux-tu être certain qu'elle ne connaît pas ces grottes ?

– Je n'en suis pas certain, avoua Morpeth. Mais Latnap Deep n'a jamais servi de refuge aux Sarren depuis que je suis ici. Nous comptons là-dessus.

Morpeth lui montra une forêt lointaine nappée de brouillard au-delà du lac.

– C'est par là que nous allons, dit-il. Reste bien derrière moi. La glace est très fine à certains endroits, mais les loups auront du mal à repérer nos traces.

– Les loups ?

– Je t'en parlerai en route.

Il la prit par la main, prêt à partir.

– Aïe ! cria soudain Rachel en baissant les yeux.

Au milieu de sa paume, une trace de piqûre noire l'élançait violemment.

– C'est Dragwena qui m'a fait ça dans la tour-œil, expliqua-t-elle.

Morpeth examina sa main.

– Ce n'est rien. Juste une égratignure.

– Ce n'est pas une égratignure, rétorqua fermement Rachel. Dragwena m'a dit que ça allait me transformer en sorcière et que j'allais bientôt lui ressembler.

– Combien de bouches a Dragwena ? lui demanda alors Morpeth.

– Quatre.

– Et comment est sa peau ? Est-ce qu'elle a des taches de rousseur sur le nez ?

Rachel esquissa un petit sourire.

– Non, bien sûr que non.

– Alors, cesse de t'inquiéter. Tu n'as qu'une bouche, et tes taches de rousseur sont toujours aussi rousses. Tu n'es en rien différente. Allons-y.

Il la prit par l'autre main, et ils s'éloignèrent sur les eaux gelées du Lac Ker.

Rachel et Morpeth avançaient à pas réguliers sur la glace. Comme toujours, le soleil qui luisait faiblement dans le ciel avait de la peine à percer les hauts nuages gris.

– Parle-moi des loups, dit Rachel en s'efforçant de suivre Morpeth.

– Ce sont les animaux domestiques de Dragwena.

Autrefois, ce n'étaient que des chiens ordinaires. Au fil des ans, la Sorcière les a modelés à sa manière : elle les a faits plus grands, les a pourvus d'un odorat ultra-sensible, capable de repérer la moindre trace. Et contrairement à la plupart des animaux de ce monde, les loups savent parler. Il y a longtemps, c'est moi qui m'occupais de leur entraînement. Ce sont des créatures intelligentes et impitoyables qui obéissent à Dragwena au doigt et à l'œil.

— Est-ce qu'il y en a dans les parages ?

— Les loups ne sont jamais très loin.

Rachel jeta un regard inquiet autour d'elle, s'attendant à tout moment à découvrir l'empreinte d'énormes pattes. Mais il n'y avait aucune trace de loups. La neige s'étendait uniformément à l'horizon, comme pour mettre au défi tout ce qui était vivant de venir troubler son royaume. Rien ne bougeait ni ne remuait. Même le ciel blafard était vide. « Tout est tellement paisible », pensa Rachel. Était-ce de bon ou de mauvais augure ? Elle gratta un peu de neige sous ses pieds en se demandant s'il y avait des poissons sous la surface du lac, mais elle n'aperçut que la noirceur impénétrable de l'eau éternellement gelée.

— Qu'est-ce qu'il y a en dessous ? demanda-t-elle.

— Rien du tout. À moins que quelque chose puisse vivre sans respirer, sans bouger et sans manger. Peut-être Dragwena a-t-elle créé une créature de ce genre pour le seul plaisir de la voir souffrir. Viens, il ne faut pas rester là.

— Quelles sont les autres créatures qui vivent sur Ithrea ? demanda Rachel en restant derrière lui. J'en ai vu si peu.

— Quelques aigles vivent dans les montagnes de

l'Ouest, et ils aident les Sarren de leur mieux. Mais ils ne doivent leur survie qu'au fait que Dragwena aime aller chasser avec eux lorsqu'elle s'ennuie. Les seuls autres animaux – si on peut appeler ça des animaux – vivent sous terre. J'ignore à quoi ils ressemblaient jadis, mais ce sont des créatures aveugles et sans défense qui font penser à des limaces et aspirent les rares choses qu'elles trouvent dans les profondeurs. Même Dragwena ne se donne pas la peine de les tourmenter.

Rachel entendit un léger battement d'ailes. Deux oiseaux traversèrent le ciel à toute vitesse. Ils volaient côte à côte, et leurs mouvements étaient d'une précision impressionnante.

Morpeth l'obligea à se baisser.

– Reste immobile, dit-il dans un souffle.

– Qu'est-ce que c'est?

– Des Prapsies. Des espions de Dragwena. Mi-oiseaux, mi-bébés, ils sont beaucoup plus rapides que les aigles.

– Mi-bébés? répéta Rachel, étonnée.

– Oui, c'est un mélange bizarre. La Sorcière les a créés histoire de s'amuser. Mais ne me demande pas de te les décrire, tu ne voudrais pas me croire.

Les Prapsies zigzaguaient en tous sens à travers le ciel, puis volaient en suivant des trajectoires parfaitement rectilignes et s'arrêtaient de temps à autre pour faire du surplace, sans même avoir besoin de ralentir. À un moment donné, ils passèrent au-dessus de Morpeth et de Rachel, qui les entendirent jacasser dans un murmure confus de voix stridentes.

Morpeth attendit quelques minutes avant de repartir et avança cette fois avec plus de précaution. Au bout d'une bonne heure de marche, ils arrivèrent de l'autre côté du lac et se dirigèrent vers une série de petites collines. Tout au loin, au-delà des collines distantes de plusieurs kilomètres, on apercevait la forêt. Soudain, Rachel ressentit un élancement au creux de la main et baissa les yeux.

– Morpeth ! s'écria-t-elle.

À l'endroit de la blessure s'était formé un cercle noir au milieu duquel s'étalait une étoile à cinq branches. Rachel savait où elle avait déjà vu ce motif : sur la bougie, dans la tour-œil.

– Qu'est-ce que c'est ? demanda-t-elle en regardant Morpeth droit dans les yeux. C'est une sorte de marque de sorcière, c'est ça ?

– Oui, confirma Morpeth.

– Est-ce que ça veut dire que je suis en train de me transformer en sorcière ?

– Tu ne ressembles toujours pas à Dragwena, si c'est ce qui t'inquiète. Est-ce que tu te sens… différente ?

– Non, enfin… je ne crois pas. Mais cette marque est apparue en quelques heures. Si c'est une marque de sorcière, Dragwena a dû me faire quelque chose. J'ai peur…

– Ce n'est sans doute rien, dit Morpeth en s'efforçant de la faire avancer.

– Tu n'as pas la moindre idée de ce que c'est, n'est-ce pas ? insista alors Rachel en refusant de bouger. Que se passera-t-il si je me transforme en sorcière en arrivant à Latnap Deep ? Eric est là-bas. Et je ne veux pas lui faire de mal, ni à qui que ce soit d'autre.

Morpeth la regarda d'un air grave.

– Je ne sais pas ce que cette marque signifie. Aucun Sarren ne l'a jamais eue. Mais elle peut vouloir dire n'importe quoi. Ta première pensée a été pour Eric. Ce qui veut dire que tu es toujours la Rachel que je connais. Il faut garder confiance.

Ils reprirent leur marche dans la neige. Morpeth avançait à vive allure, et Rachel, qui pensait à Dragwena, cessa de se plaindre. Mais au bout de plusieurs heures de marche pénible dans le froid, elle éprouva une immense fatigue, comme si tout son corps était engourdi.

Morpeth lui parlait constamment pour la maintenir en éveil et, au bout d'un moment, ils arrivèrent au pied des collines. Rachel était cependant trop épuisée pour le remarquer ou s'en soucier. Morpeth la laissa se reposer un instant et grimpa au sommet d'une petite butte.

Au sud, non loin de là, se trouvait Latnap Deep où ils seraient enfin à l'abri. Mais avant d'y arriver, il fallait encore traverser la forêt de Dragwood. Par où allaient-ils passer ? Dragwood était un endroit dangereux où la magie de Dragwena agissait facilement. Ils pouvaient certes contourner la forêt, mais le détour leur prendrait plus d'une heure, et Morpeth craignait que Rachel n'en ait pas la force. Pas une seule fois elle n'avait fait allusion à sa fatigue ni se s'était plainte, mais il la voyait s'affaiblir à chaque pas, et lui-même était trop las pour la porter jusqu'à Latnap Deep.

Il leva les yeux vers le ciel. Le coucher de soleil blafard projetait des ombres autour des arbres. Bientôt, il ferait nuit, et le froid serait insupportable. Même enveloppée de fourrures, Rachel ne survivrait pas toute une nuit à cette température. Une fois sa décision prise, Morpeth redescendit la butte et trouva Rachel allongée par terre, déjà à moitié enfouie sous la neige.

– Debout, paresseuse ! murmura-t-il en l'aidant à se lever. Il n'est pas encore l'heure d'aller au lit. Nous allons prendre le raccourci par la forêt. Nous serons à Latnap Deep dans moins d'une heure.

Les derniers rayons du soleil avaient disparu. Quelques étoiles solitaires et l'énorme lune d'Armath scintillaient au firmament. Morpeth pria en silence pour qu'Armath brille de tout son éclat glacial – il n'y avait aucun sentier dans Dragwood, et ce serait leur seul espoir de se faufiler sans encombre entre les arbres.

– Reste près de moi, dit Morpeth en prenant Rachel par la main.

Puis il s'enfonça dans la forêt, affichant plus de hardiesse qu'il n'en éprouvait en réalité.

14. Les Prapsies

Dès que Rachel et Morpeth pénétrèrent dans la forêt, les arbres gigantesques les enveloppèrent dans une quasi-obscurité. Quelques rayons de lune se découpaient entre les branches les plus hautes, poignardant le sol d'une lueur éclatante. Rachel écouta avec angoisse la rumeur du vent qui s'engouffrait jusque dans les cimes, faisant craquer les branches avec un bruit de portes qui grincent.

Au début ils avancèrent d'un bon pas mais lorsqu'ils s'enfoncèrent au cœur de Dragwood, les arbres se firent plus denses et leurs racines noueuses rendirent leur progression plus difficile. Ils continuèrent à avancer tant bien que mal, Rachel tenant fermement la main de Morpeth.

Tout à coup, il lui serra la main plus fort.

– Qu'est-ce qu'il y a ? demanda Rachel.

Sa voix qui résonna dans la nuit arracha une grimace à Morpeth.

– Écoute, dit-il tout bas.

Rachel retint son souffle.

— Je n'entends rien.

— C'est bien ce qui m'inquiète. Il y a du vent, mais les feuilles ne font plus de bruit. Plus rien ne bouge. Regarde !

Sur les arbres, les feuilles se dressaient, toutes raides, tendues comme des doigts. Les branches avaient elles aussi cessé de se balancer, comme pour mieux tendre l'oreille. Morpeth et Rachel reprirent leur marche chaotique d'un pas traînant.

Brusquement, une branche fouetta Rachel au ras de la tête et plusieurs arbres se mirent à trembler en agitant leurs feuilles pour avertir les autres de la présence d'étrangers.

— Que se passe-t-il ? demanda Rachel.

— Dragwood s'est réveillée !

Aussitôt, ils prirent leurs jambes à leur cou.

Courbés en deux sous les branches les plus basses, ils avancèrent en écartant les feuilles, trébuchant, tombant et se relevant chacun leur tour en courant à toute vitesse. Tout à coup, Rachel aperçut un endroit où les arbres semblaient moins touffus, une sorte de brèche à l'orée de la forêt vers laquelle ils se précipitèrent.

Lorsqu'ils s'en approchèrent, deux branches énormes s'allongèrent vers eux et leur arrachèrent leurs capes blanches. Aussitôt, comme si des millions d'yeux venaient de s'ouvrir, toutes les feuilles de Dragwood se mirent à fouetter l'air et plusieurs troncs d'arbres oscillèrent d'avant en arrière, faisant craquer leurs racines en les soulevant de terre.

— J'espère qu'ils ne vont pas nous poursuivre ! s'inquiéta Rachel.

— Ils n'en n'auront pas besoin, répondit Morpeth.

Rachel vit alors les arbres déracinés sauter vers

157

d'autres arbres, jusqu'à ce que six d'entre eux se retrouvent projetés à terre, encerclant Morpeth et Rachel.

Passer était devenu impossible. Dragwood, maintenant complètement réveillée, n'avait pas l'intention de les laisser échapper. Rachel et Morpeth restèrent un instant silencieux au milieu des troncs enchevêtrés, tandis qu'une pluie de feuilles leur dégringolait sur la tête en attendant que Dragwood décide quoi faire.

Au bout de quelques minutes, deux des plus gros arbres lancèrent leurs racines déchiquetées pour saisir Morpeth à la gorge.

– Attendez ! tonna une voix derrière lui.

Aussitôt, les arbres se figèrent. Et Morpeth fit de même en reconnaissant la voix de… Dragwena !

Mais lorsqu'il se retourna, il vit Rachel s'adresser aux arbres, la tête fièrement dressée, les mains sur les hanches.

– Vous ne me reconnaissez pas ? roucoula-t-elle, sa voix imitant si parfaitement celle de la Sorcière que personne en dehors d'elle n'aurait pu remarquer la différence.

Brusquement, Rachel sortit le couteau de sa poche et l'appuya sur le cou de Morpeth.

– Laissez-moi passer avec cette créature, ordonnat-elle.

Sans attendre, elle avança d'un pas plein d'assurance en tirant Morpeth et, lentement, les arbres s'écartèrent dans un murmure de branches. Arrivée devant le dernier arbre qui bloquait le passage, elle tendit le bras d'un geste impérieux, et il se poussa sur le côté.

Ils marchèrent à toute vitesse jusqu'à la lisière de Dragwood, Rachel pointant toujours son couteau d'un air menaçant sur la gorge de Morpeth.

– Continue à marcher, ne cours surtout pas, lui conseilla Morpeth.

Au bout d'une vingtaine de pas, lorsqu'ils furent suffisamment éloignés des arbres, Rachel relâcha Morpeth et rangea le couteau dans sa poche. Immédiatement, les arbres comprirent qu'ils s'étaient fait berner. Ils se regroupèrent à l'orée de la forêt en agitant furieusement leurs branches.

Rachel leur jeta un regard inquiet, prête à courir.

– Pourquoi est-ce qu'ils ne nous poursuivent pas ?

– On dirait qu'ils ne peuvent pas sortir de Dragwood. Leur magie doit se limiter au périmètre de la forêt, dit Morpeth avec un sourire satisfait.

Et soudain, il se figea sur place.

– Qu'est-ce qu'il y a ?

– Chut ! dit-il tout bas. Ne bouge plus !

Derrière eux, perchés en haut des arbres de Dragwood, se tenaient deux oiseaux à visage humain.

Ils avaient un corps noir de corbeau, mais sur leur cou était posée une petite tête : teint rose, nez retroussé, petites oreilles rondes et cheveux tout fins – une vraie tête de poupon. Ils étaient tellement bizarres que Rachel aurait volontiers éclaté de rire si Morpeth n'avait pas eu l'air aussi inquiet.

– C'est à moi, dit l'un des oiseaux de sa voix haut perchée.

– Non, à moi, répliqua l'autre. Je l'ai vu le premier.

– C'est moi qui ai vu les arbres remuer.

– Tu n'aurais rien vu si je n'avais pas vu les arbres.

Son compagnon tira la langue et lui postillonna au visage. L'autre lui cracha dessus.

– Tu ne sais même pas viser.

– Je ne te visais pas.

Ensemble, ils tournèrent la tête vers Morpeth et Rachel.

– Qu'est-ce que c'est que ça ? demanda l'un d'eux.

– Un homme et une fille.

– Ils ne bougent pas. Les hommes et les filles bougent. Mais pas ceux-là. C'est sûrement autre chose.

– Un mystère. Allons voir ça de plus près.

– Après toi.

– Après toi, pépia l'autre en faisant une courbette – et ils s'envolèrent en même temps.

Le premier se percha sur la tête de Morpeth, le second sur l'épaule de Rachel qui s'efforça de ne pas cligner des yeux même lorsque l'oiseau qui était sur elle se pencha en appuyant sa minuscule langue rose sur sa joue.

– Peau douce, dit-il. Sûrement une fille. Très bon goût.

L'autre oiseau-poupon mordit Morpeth à l'oreille. Rachel le vit se crisper en étouffant un cri.

– Homme gelé. Statue. Pas vrai homme.

– Pourtant, je l'ai vu bouger.

– Non, il ne bouge pas.

– Il a bougé ! Je l'ai vu !

– N'importe quoi !

– C'est toi qui dis n'importe quoi !

– Non, c'est toi !

Les oiseaux-poupons continuèrent à se chamailler ainsi un bon moment, obligeant Morpeth et Rachel à rester aussi immobiles que possible.

– Éloignons-nous et observons-les, proposa finalement l'un des oiseaux-poupons.

L'autre se gratta l'oreille du bout de la patte.

– D'accord. Après toi.

– Après toi, dit son compagnon en faisant une courbette – et ils s'envolèrent en même temps.

Chacun regagna sa position initiale au sommet d'un
arbre, et ils restèrent là à sautiller sur place en observant Rachel et Morpeth du haut de leur perchoir.

– Des Prapsies ? murmura Rachel.

– Oui, ce sont probablement ceux qu'on a aperçus
tout à l'heure. Ils ne peuvent pas nous faire de mal,
mais ils volent à une vitesse phénoménale. Ils risquent
de prévenir Dragwena que nous sommes là. Ne bouge
pas. Ce sont des créatures stupides qui se lassent rapidement. Si nous restons immobiles, ils finiront par s'en
aller.

À plusieurs reprises, les Prapsies descendirent se
poser sur eux, puis ils repartirent sur leurs arbres en
continuant à se disputer.

– Des statues. Pas de doute. Des statues.

– Oui, dit l'autre. Des statues toutes tièdes.

– On prévient Dragwena ?

– Non. Grosse sottise. Elle va nous donner la fessée
si on lui parle de statues.

Ils pouffèrent de rire.

– Alors, partons d'ici.

– Après toi.

– Après toi, dit l'autre en faisant une courbette – et
ils s'envolèrent en même temps.

Mais à cet instant précis, Rachel fut prise d'une
crampe à la jambe droite qui la força à bouger. Aussitôt,
les Prapsies revinrent planer au-dessus d'eux en braillant
à tue-tête.

– Vraie fille et vrai homme. Vivants ! Vivants !

– Des fausses statues ! Un homme et une fille.

– Rachel et Morpeth !

– Vite prévenir Dragwena !

– Vite !

Tout en tournant en rond dans le ciel, ils réussirent à se faire des courbettes.

– Après toi, répétèrent-ils, avant de s'envoler en même temps.

Morpeth brandit un bâton que les Prapsies esquivèrent sans aucune difficulté.

– Avertir Dragwena ! couina l'un des oiseaux-poupons.

– Avertir Dragwena et les loups !

– Avertir les loups !

– Avertir les loups !

– Ils vont les manger..

– Au dîner !

Et les Prapsies filèrent en direction du nord en criant joyeusement « Loups, loups, loups ! » avant de disparaître à l'horizon.

15. Les loups

Morpeth suivit des yeux la trajectoire qu'avaient empruntée les oiseaux-poupons.

– Ils vont rejoindre Dragwena dans les Monts Déchiquetés, dit-il. Il ne leur faudra pas très longtemps pour aller jusque là-bas. Si on ne veut pas que la Sorcière arrive avant nous à Latnap Deep, il va falloir se dépêcher.

Rachel frissonna. Depuis que la nuit était tombée, la neige se déversait à gros flocons, accompagnée de rafales de vent. Derrière eux, les arbres de Dragwood continuaient à agiter leurs branches, inexorablement.

– Je n'en peux plus, Morpeth. On ne pourrait pas se cacher quelque part ?

– Il n'y a aucun endroit où se cacher à la surface d'Ithrea, répondit Morpeth en l'agrippant fermement. Tu vas y arriver, Latnap Deep n'est plus très loin. Je sais que tu es fatiguée, mais je t'en prie, essaie de faire un dernier effort.

Rachel hocha mollement la tête, à peine capable d'ébaucher un sourire.

En dépit du danger, ils se remirent en marche avec une extrême lenteur. Rachel ne pouvait pas avancer plus vite, d'autant qu'ils avaient perdu leurs bottes dans la forêt, ce qui rendait leur progression dans la neige encore plus pénible. Ils s'éloignèrent de Dragwood et continuèrent vers l'ouest en pataugeant dans la boue et la neige fondue.

Au bout d'un moment, ils obliquèrent de nouveau vers le sud. Devant eux s'étendait une lande plus vaste et vallonnée que Rachel n'aurait eu aucune difficulté à traverser en temps normal, mais elle avait épuisé ses dernières forces à marcher dans la boue et avançait maintenant comme un automate. Seule la peur de la Sorcière la poussait à continuer d'avancer, à mettre un pied devant l'autre, trop lasse pour penser à quoi que ce soit.

Morpeth laissa Rachel s'appuyer sur son épaule en s'efforçant de la protéger des rafales de vent. Il lui sembla marcher ainsi pendant une éternité. Maintenant qu'ils n'avaient plus leurs capes blanches, l'air glacial transperçait leurs vêtements, et Armath était si brillante qu'ils étaient facilement repérables sur la neige.

Au bout d'un moment, Morpeth autorisa Rachel à se reposer, sachant que Dragwena n'allait plus tarder à arriver : leurs traces seraient pour elle et les loups comme des balises lumineuses.

Quand Rachel se fut endormie, alors que la neige grise recouvrait déjà une partie de son visage, Morpeth la hissa sur son dos. Courbant la tête pour lutter contre la morsure du vent, il se remit en marche d'un pas régulier, en proie à un profond désespoir.

C'est alors qu'il aperçut un loup qui devait bien mesurer deux mètres cinquante au garrot. Une trentaine d'autres bêtes les avaient encerclés sans qu'il s'en rende compte. De l'air glacé sortait de leurs naseaux, et leurs yeux jaunes fixaient Rachel et Morpeth avec une lueur de plaisir.

Le chef de la meute trotta tranquillement vers eux. C'était Scorpa, une louve féroce au poil lisse et brillant, et à l'instinct meurtrier. Morpeth la connaissait bien : c'était lui qui l'avait entraînée quand elle n'était encore qu'un bébé.

– Bonjour à toi, vieillard, dit Scorpa. Rachel t'a rendu plutôt bel homme, dis-moi. Dommage qu'elle ait oublié de te débarrasser de ton odeur répugnante. C'est là une grossière erreur.

Toute la meute se fendit d'un sourire.

Morpeth réveilla Rachel, et dut pour cela la secouer à plusieurs reprises.

– Sois la bienvenue, petite, dit Scorpa en se courbant respectueusement. Saluer quelqu'un qui a échappé à Dragwena en personne est un honneur des plus rares.

– Laissez-nous tranquilles ! répliqua faiblement Rachel en imitant la voix de la Sorcière.

La plupart des loups s'agitèrent, mal à l'aise. Scorpa se contenta de se dresser sur ses pattes arrière et hurla d'un air moqueur.

– Pas mal... Mais nous ne sommes pas aussi faciles à duper que les arbres de Dragwood.

Morpeth dégaina son couteau et l'appliqua sur la gorge de Rachel.

– Laissez-nous passer, sinon je la tue ! menaça-t-il.

L'un des loups se rua sur lui et lui arracha son arme.

– Pas assez vif ! railla Scorpa. Rachel a beau t'avoir donné un corps svelte de jeune homme, tu te déplaces avec la lenteur d'un vieillard. Encore une erreur. Mais

Dragwena aura vite fait de combler les lacunes de cette demoiselle.

La louve se lécha les babines en donnant un coup de patte sur le sol.

– Je te laisse le choix, Morpeth : soit je lance la meute à tes trousses, soit tu me fais l'honneur d'un combat singulier. Je te promets que les autres n'interviendront pas. Ça te laissera une chance de me chatouiller un peu le cuir avant de mourir. Qu'en dis-tu ?

Les autres loups reculèrent légèrement pour leur faire place.

Brusquement, Morpeth leva les bras. Une lumière bleue jaillit de ses mains, transperçant le ciel comme une fusée.

– Espères-tu encore de l'aide ? ricana Scorpa. Allons, allons, ma patience a des limites. Fais vite ton choix !

Morpeth lui cracha au nez.

– Je choisis de me battre !

Il s'avança dans l'arène du combat. Le loup qui l'avait désarmé lui lança son couteau qu'il attrapa au vol de la main droite et plaça devant sa hanche, à la façon des guerriers. De la main gauche, il fit signe à Scorpa d'approcher.

– Allons, viens ! rugit-il. Aurais-tu peur de moi, la louve ?

Scorpa montra les crocs, puis ils commencèrent à tourner en rond, lentement, guettant chez l'autre un signe de faiblesse. La louve s'avança à pas feutrés, mais au moment où elle bondit, ce fut d'un mouvement si vif que Rachel eut à peine le temps de la voir. Scorpa referma sa mâchoire sur la cuisse de Morpeth, puis sauta sur le côté. Morpeth poussa un cri mais

166

réussit à rester debout – tomber aurait signifié pour lui une mort immédiate. De nouveau, la louve se jeta sur lui en feignant de l'attaquer à la même jambe, mais elle changea de direction à la dernière seconde et frappa Morpeth alors qu'il se retournait. Lorsqu'il réalisa son erreur, les crocs acérés lui avaient déjà déchiqueté le ventre. Scorpa s'éloigna d'un bond, le museau couvert de sang et de lambeaux de chair, si bien que le coup que lui porta faiblement Morpeth ne fit que l'érafler.

– Tu ramollis, vieillard, alors que je suis de plus en plus robuste, se rengorgea Scorpa. Je ne suis plus la petite louve que tu pouvais dompter autrefois. J'espérais un combat un peu plus excitant que ça.

Morpeth avança en vacillant au milieu du cercle, prêt à lui faire face de nouveau.

– L'ennemi est toujours plus dangereux quand l'issue paraît désespérée, grommela-t-il. Je t'ai enseigné ça, si tu te souviens. Ta force n'a jamais été à la mesure de ma ruse.

Mais ses paroles sonnaient creux, et Scorpa le savait.

– Il est temps d'en finir, dit alors la louve en s'apprêtant à lui sauter à la gorge.

Mais cette fois, Scorpa n'eut pas le temps de l'atteindre. Au moment où elle bondit, un gigantesque aigle blanc, aussi gros que la louve, surgit de l'obscurité et referma ses serres sur son cou. Aussitôt, deux autres aigles descendirent en piqué pour s'emparer de Rachel et de Morpeth, puis remontèrent en flèche vers le ciel. Quand les loups sautèrent pour leur mordre la queue, leurs crocs se refermèrent sur le vide. Les oiseaux s'enfuirent à tire-d'aile, emportant Rachel et Morpeth vers les nuages, puis s'éloignèrent vers le sud en laissant la meute hurler derrière eux.

– Latnap Deep ! ordonna Morpeth en se tordant de douleur. Emmène-nous à Latnap Deep, Ronnocoden !

Le grand aigle blanc tourna la tête vers Morpeth pour qu'il lui indique la direction à suivre. Depuis la tombée de la nuit, il n'avait cessé de tournoyer avec ses compagnons dans le ciel, restant à l'abri derrière les nuages de neige en attendant un signal. Les aigles coupèrent délibérément à travers la tempête. À grands coups d'ailes rapides et silencieux, ils transportèrent Morpeth et Rachel dans le ciel et traversèrent la couche de nuages à la dernière minute pour éviter de se faire repérer.

Morpeth se laissa tomber du dos de Ronnocoden et enfonça son poing dans la neige molle. Six fois... Quatre fois... Trois fois... À quelques mètres de là, un pan de neige s'effondra en laissant apparaître une porte secrète, tandis que des bras les tiraient à l'intérieur.

Aussitôt, les aigles repartirent vers le sud.

Rachel cligna des yeux, aveuglée par la lumière vive du tunnel. Devant elle se tenaient trois Sarren. Trimak, un peu à l'écart, réprima un cri de stupeur en voyant le sang suinter de la tunique de Morpeth.

Trimak fit de son mieux pour contenir l'hémorragie. Scorpa n'avait pas raté son coup : Morpeth avait l'estomac fendu en deux et saignait abondamment.

Et Trimak avait beau savoir comment réparer les os brisés, soigner les brûlures légères ou les saignements bénins, il s'agissait là d'une blessure qui dépassait de loin ses compétences. Morpeth avait déjà le teint grisâtre et le regard tout creusé à force de lutter pour ne pas perdre connaissance.

Dans quelques minutes, Trimak en était conscient, son ami serait mort.

Morpeth le savait également. Il regarda son ventre ouvert, puis releva faiblement la tête.

— Je crois bien, dit-il dans un demi-sourire, que tu ne viendras pas à bout de cette blessure, mon vieil ami. J'aurais dû laisser Ronnocoden nous amener jusqu'ici depuis le Palais, mais j'avais peur que la Sorcière ait prévu le coup. J'ai fait le mauvais choix en décidant de venir à pied. J'ai commis tant d'erreurs… tant d'erreurs.

— Guéris-toi toi-même ! lui ordonna Trimak. Tu en as trop fait pour nous abandonner maintenant.

Morpeth grimaça de douleur.

— Me guérir ? Même si j'étais en pleine possession de mes pouvoirs, je ne pourrais rien contre cette blessure… Et je n'ai plus de force. Plus du tout.

Trimak baissa la tête pour dissimuler son émotion.

— Tu as ramené l'enfant-espoir ! dit-il. Bravant tous les dangers, tu l'as déjà sauvée à deux reprises. Grâce à toi, il nous reste encore un espoir.

— Veille bien sur elle, murmura Morpeth. Rachel est si lasse… Il faut qu'elle se repose.

— Toujours à penser aux autres… tu ne peux pas t'en empêcher, répliqua Trimak.

Puis il détourna les yeux, et des larmes inondèrent ses joues.

— En tout cas, Dragwena ne pourra plus me faire de mal, marmonna Morpeth. Je l'aurai au moins privée de ce plaisir.

Son corps s'affaissa alors contre la paroi du tunnel et ses yeux bleus se refermèrent.

Trimak, le visage enfoui contre l'épaule de Morpeth, pleura sans retenue en laissant jaillir ses larmes.

Rachel s'approcha.

– Ne renonce pas ! cria-t-elle à Trimak. Qu'est-ce que tu as ? Fais-le vivre ! Allez, fais quelque chose !

Trimak regardait fixement le sol. Rachel posa les mains sur la blessure de Morpeth dans l'espoir de stopper l'hémorragie.

Morpeth n'était pas encore mort, pas tout à fait. Il réussit à ouvrir les yeux.

– Rachel, toi seule peux les sauver, dit-il en la regardant d'un air grave. Désormais, tout va dépendre de toi.

– Ne meurs pas ! implora Rachel. Je ne veux pas que tu meures, Morpeth, je ne pourrais pas le supporter !

– Il le faut pourtant…

Sa tête retomba lourdement entre les mains de Trimak.

Tous les Sarren mirent un genou en terre et brandirent leurs épées.

– Non ! Non ! Non ! hurla Rachel. Je ne te laisserai pas mourir ! Je ne le permettrai pas !

Elle repoussa Trimak et attrapa Morpeth par les deux joues. Il respirait encore faiblement, difficilement. Elle le força à ouvrir les yeux et le regarda droit en face. Que pouvait-elle faire ? Il devait pourtant bien exister un moyen ! Et soudain, quelque chose attira son regard : là où une seconde plus tôt il n'y avait qu'une bouillie sanguinolente de chair et d'os, elle vit apparaître la façon de soigner Morpeth comme sur un schéma. Elle ne prit même pas le temps de s'en étonner. Avec la précision d'un scalpel, à travers le sang, son esprit commença à explorer la plaie, les muscles déchirés, les veines, les diverses couches d'épiderme.. puis elle agit sans tarder.

Secoué de convulsions, Morpeth redressa la tête. Son

estomac remuait sous ses muscles. Des couches de nouvelle chair recouvrirent les plaies en refermant la blessure, puis un nouveau nombril surgit en faisant un bruit de bouchon à l'endroit où l'ancien avait été arraché.

Tous les Sarren se tournèrent vers Rachel, médusés.

– Comment as-tu fait ça ? souffla Morpeth.

– Je… je n'en sais rien, avoua Rachel.

En cherchant d'où lui venaient ces nouveaux pouvoirs, elle sentit une nouvelle sorte de magie se développer en elle, plus puissante, qui ne demandait qu'à être utilisée. Mais alors même qu'elle s'interrogeait, une vague d'épuisement s'empara d'elle. Maintenant que Morpeth était sauvé, elle avait du mal à garder les yeux ouverts.

– Je suis si fatiguée… bredouilla-t-elle. Trop fatiguée… pour penser.

– Va vite dormir, dit Morpeth. Tu l'as bien mérité (Puis il éclata de rire, d'un rire joyeux et plein de vie.) Dors, et quand tu te réveilleras, nous prendrons le petit déjeuner ensemble !

– Je veux voir Eric, dit Rachel d'une voix ensommeillée.

– Il est entre de bonnes mains.

– J'ai peur des rêves que je risque de faire. Je t'en supplie, je ne veux pas m'endormir…

– Fais de beaux rêves. Dragwena est très loin d'ici. Elle ne peut rien contre toi. Je ne la laisserai pas approcher, je te le promets.

Rachel s'assit sur les genoux de Morpeth, inclina la tête sur son épaule et s'endormit d'un seul coup, trop lasse pour s'interroger sur ses nouveaux pouvoirs et sur ce qu'ils signifiaient

16. Latnap Deep

Rachel dormit toute la nuit et jusque tard dans l'après-midi.

Lorsqu'elle se réveilla, le soleil d'Ithrea commençait à décliner et diffusait ses rayons blancs aqueux dans le ciel. Elle était dans un lit moelleux que Morpeth lui avait lui-même préparé. Recroquevillé dans un fauteuil à quelques mètres d'elle, il ronflait tout doucement.

Elle se leva sans faire de bruit pour ne pas le réveiller et fit sa toilette dans la cuvette laissée à son intention dans la pièce. Des vêtements propres étaient posés près du lit : un pantalon en grosse laine et une épaisse chemise en lin marron. Ces vêtements n'avaient rien de comparable avec les tenues somptueuses qu'elle aurait pu choisir dans la garde-robe du Palais, mais ils lui allaient plutôt bien, et d'ailleurs, les autres ne lui disaient plus rien.

Elle s'assit au bord du lit et toussa discrètement.

Morpeth grogna dans sa barbe, puis redressa la tête en ouvrant ses yeux bleus.

– Salut, beau gosse ! dit Rachel avec un grand sourire. Il est trop tard pour le petit déjeuner ?

Morpeth s'étira, puis se tourna vers elle.

– Bien sûr que non ! Mais je te préviens, nous n'avons pas autant de choix que dans la Salle du Petit Déjeuner du Palais.

– Ça ne fait rien. N'importe quoi fera l'affaire.

Morpeth se tapota le ventre.

– Quel joli nombril ! dit-il. Il est plus beau que le précédent. Nettement mieux dessiné.

– Je ne sais pas comment j'ai fait ça, répliqua Rachel d'un air grave. À ton avis, qu'est-ce que ça veut dire ? Je sais que mes pouvoirs magiques se développent vite, mais tout de même…

– Aucune idée, confessa Morpeth. Mais je te suis extrêmement reconnaissant. Regarde-moi : me voilà beau, superbement bâti, prêt à affronter tous les soldats Neutrana ! (D'un bond souple, il exécuta un saut périlleux impeccable et atterrit sur ses deux pieds.) J'ignore ce que tu m'as fait, mais je me sens en pleine forme !

– Comment va Eric ? demanda Rachel.

– Au lieu de me poser la question, viens donc voir ce que ton frère arrive à faire. Tu ne vas pas en croire tes yeux. Viens.

Morpeth la prit par le bras et l'accompagna dans une salle où ils retrouvèrent Eric, assis sur une petite chaise.

Rachel éclata en sanglots et le serra dans ses bras un long moment sans vouloir le lâcher.

– Tu vas bien ? lui demanda-t-elle en lui caressant les cheveux.

– Ça va, répondit le petit garçon en riant. Mais fais

gaffe ! Je sais faire des choses, maintenant. Des choses très spéciales. Explique-lui, Morpeth.

– Tu te souviens du jeu auquel on a joué dans la Salle du Petit Déjeuner ? demanda Morpeth, tout sourire.

– Bien entendu.

– Alors, choisis une chose et imagine-la. N'importe quoi.

Rachel haussa les épaules.

– Une fleur ?

– Parfait. À présent, regarde.

Un instant plus tard, une jonquille passa en flottant au-dessus de la tête de Morpeth.

Eric tendit un doigt vers la fleur... qui disparut aussitôt.

Morpeth créa six autres bouquets de fleurs qu'il fit tourner en rond au plafond.

Un par un, Eric les fit disparaître d'un coup de doigt-baguette.

– Il a des pouvoirs magiques ! s'écria Rachel. Il peut faire la même chose que nous !

– Non, pas exactement, dit Morpeth avant de se tourner vers Eric. Fais un bouquet de fleurs.

– Je ne peux pas. Tu le sais bien.

– Essaie encore, l'encouragea Morpeth. Vas-y.

Eric se concentra pendant plusieurs secondes en plissant les yeux, les lèvres pressées l'une contre l'autre. Au bout d'un moment, il renonça et ronchonna entre ses dents.

– Je n'y arrive pas. Mais qu'est-ce que ça peut faire ?

– Je ne comprends pas, dit Rachel. De quel genre de pouvoir s'agit-il ?

– Je n'en suis pas certain, répondit Morpeth, mais c'est sans doute un pouvoir assez inhabituel. Je ne l'ai encore jamais rencontré chez aucun des enfants d'Ithrea. Je dirais que c'est de… l'anti-magie. **Eric arrive à neutraliser la magie.**

Rachel fronça les sourcils.

– J'y arrive aussi. Dans la Salle du Petit Déjeuner, toi et moi avons fait disparaître des tas de choses.

– Oui, mais pas de la même manière que ton frère, dit Morpeth. Tu n'as qu'à juger par toi-même. Vas-y, crée quelque chose.

Rachel fit un objet très simple, une réplique de la table en chêne que son grand-père avait fabriquée l'hiver dernier, peu de temps avant de mourir. C'était un objet qu'elle connaissait par cœur, car il lui avait expliqué amoureusement comment il avait réalisé chaque détail : les mortaises, le tiroir secret, les multiples couches de vernis patiemment appliquées. Rachel prit son temps, forma la table avec précaution, puis plaça l'image au centre de la pièce.

Sans même se retourner, Eric tendit le doigt. Aussitôt, la table disparut. Quand Rachel voulut la reconstruire, elle réalisa qu'elle ne se souvenait plus très bien à quoi elle ressemblait. Et elle eut beau se concentrer de toutes ses forces, la table qu'elle réussit à refaire ne ressemblait que de très loin à l'original.

Au bout d'un moment, elle posa un regard étonné sur son frère.

– Essaie autre chose, lui dit Morpeth.

Cette fois, Rachel fit une lampe en se concentrant intensément.

Mais la lampe disparut à son tour, et cette fois encore, elle fut incapable de la refaire.

– Tu comprends ce que je veux dire ? fit Morpeth. **Eric fait disparaître la magie de façon permanente !** Quoi qu'on crée, il arrive à le détruire, et réutiliser le même sortilège devient alors impossible. Il disparaît à tout jamais.

Rachel pensa aussitôt à Dragwena.

– Peux-tu aussi neutraliser la magie de la Sorcière ?

– Je n'en suis pas sûr, dit timidement Eric. Peut-être en partie. Mais pas ses meilleurs sortilèges. Il lui arrive de cacher certaines choses. Sans compter que certains de ses pouvoirs se composent de plusieurs sortilèges qui changent sans arrêt. Ça pourrait me troubler.

– Pourquoi n'as-tu rien fait de tout ça auparavant ? demanda Rachel.

– Je ne savais pas que j'en étais capable. Je m'en suis aperçu par hasard. Morpeth s'entraînait à fabriquer des sortilèges, et comme ça m'agaçait, j'ai voulu lui dire d'arrêter, et… pfft !

Rachel lui pinça le bout du nez en cherchant quoi dire.

– Tu es… Je ne peux rien faire de ce genre !

Eric rayonnait de bonheur. C'était la première fois depuis leur arrivée sur Ithrea que Rachel le voyait arborer son petit air impudent. Elle réfléchit un instant. Puis elle s'imagina en train de se battre contre Dragwena tandis qu'Eric pointait son doigt anti-magie, annulant un à un les sortilèges de la Sorcière.

Elle s'assit devant la grande table en pierre et continua à s'extasier sur le don d'Eric en attendant que Morpeth lui apporte un bol de soupe et un morceau de pain rassis.

– Il va falloir oublier les sandwiches au chocolat, s'excusa-t-il en posant le tout sur la table.

Pendant qu'elle mangeait, Eric se pencha vers Rachel pour examiner de près ses cheveux.

– Beurk ! fit-il en s'écartant brusquement. Ils sont gris. Tes cheveux sont tout gris.

Rachel souleva sa frange et sentit que ses cheveux étaient tout secs et pleins de pellicules. Elle courut jusqu'au miroir pour les examiner à plusieurs endroits. Partout, en dessous, ils avaient blanchi et étaient devenus plus fins. Quand elle tira dessus d'un coup sec, une mèche lui resta dans la main.

– Qu'est-ce qui m'arrive ? demanda-t-elle à Morpeth, affolée. Est-ce que je… vieillis, comme toi et Trimak, parce que je me sers trop de mes pouvoirs magiques ?

Morpeth toucha la mèche de cheveux.

– Ce n'est sans doute rien, répondit-il d'un ton léger. C'est sûrement dû au stress et à tout ce qui s'est passé récemment. Utiliser la magie ne transforme personne aussi vite.

Rachel continua à s'observer dans le miroir pour voir si elle avait les rides si caractéristiques des Sarren autour des yeux. À défaut de rides, elle remarqua plusieurs changements – sa mâchoire lui donnait la sensation d'être toute molle et ses yeux lui faisaient mal.

Alors qu'elle se posait des questions, Trimak arriva sur le seuil, l'air exténué.

– Veux-tu visiter Latnap Deep ? proposa-t-il à Rachel. Mais autant te prévenir tout de suite, ça n'a rien de… merveilleux !

Tenant Eric par la main, Rachel le suivit dans la grotte principale en continuant à se frotter les yeux.

La salle était remplie de Sarren blessés, le sol jonché de petits lits de fortune ou plutôt de simples paillasses sur lesquelles des dizaines d'hommes et de femmes étaient étendus, immobiles, ou gémissaient doucement. Les plus valides passaient entre eux pour leur administrer des remèdes en les réconfortant de leur mieux.

Rachel regarda les Sarren, horrifiée.

– Que s'est-il passé ?

– Ils ont lutté contre les Neutrana en dessous du Palais, expliqua Trimak. La plupart d'entre eux ont dû se battre à main nue. Ils ne sont qu'une centaine à avoir survécu. Les autres sont morts dans les tunnels ou en rejoignant Latnap Deep.

– Vous avez marché jusqu'ici ? s'étonna Rachel. Tu veux dire que vous avez fait tout ce chemin dans la neige sans que Dragwena vous repère ?

– Le voyage a été épouvantable, dit Trimak. Seule la peur de la Sorcière nous a poussés à affronter le blizzard. Si nous avons réussi, c'est uniquement parce que les espions de Dragwena étaient à la recherche d'une plus grosse proie – ils te cherchaient toi.

Rachel regarda les Sarren blessés d'un air hébété. Et tout à coup, tout ce qu'elle avait enduré, tout ce que chacun d'entre eux avait subi depuis qu'elle était arrivée avec son frère sur Ithrea lui parut un poids trop lourd à supporter.

– Tout ceci est de notre faute ! dit-elle. Dragwena m'a laissée m'échapper dans le seul but de piéger les Sarren sous le Palais. Et elle s'est servie d'Eric pour me retrouver. Peut-être nous utilise-t-elle encore tous les deux. Dragwena finira par vous retrouver à Latnap Deep, puisque nous sommes ici. Vous y avez réfléchi ?

– Oui, bien sûr, dit Trimak. C'est un risque que nous devons prendre.

– Crois-tu vraiment ? Je sais que vous pensez que je suis l'enfant-espoir et que vous voulez que je combatte Dragwena. Je sais que je dois le faire. Et pourtant… (Retenant ses larmes, elle serra Eric dans ses bras.) Pourtant…

– Tu as peur de la Sorcière, dit Trimak. Je comprends ça. Nous en avons tous peur… (Sentant les larmes lui monter aux yeux, il redressa la tête.) Il est vrai que nous te demandons beaucoup.

Rachel prit ses longs cheveux grisonnants entre ses mains.

– Ça ne me dérange pas. Mais vous avez vu ça ? Je ne suis plus votre enfant brune, dit-elle en regardant Morpeth. Je ferai tout mon possible pour que vous et Eric soyez en sécurité, mais qu'ai-je réussi jusqu'à présent ? Je n'ai même pas été capable d'effrayer quelques loups. Et il suffit qu'Eric tende le doigt pour que mes sortilèges s'évanouissent. Comment espérez-vous me voir triompher de la Sorcière ? Vous n'avez aucune idée de l'étendue de son pouvoir. Je pense que Dragwena ne fait que jouer avec nous. Elle virevolte ici et là et s'amuse à tuer des Sarren en caressant son affreux serpent. Comment pourrais-je lui faire peur ?

Pendant un instant, un silence pesant retomba dans la grotte.

Rachel remarqua alors un homme agenouillé dans un coin, et le reconnut aussitôt : Grimwold.

– Je me souviens de toi, lui dit-elle. C'est grâce à toi que j'ai pu m'enfuir de la tour-œil.

Le visage de Grimwold était balafré de profondes entailles et l'une de ses oreilles avait été arrachée.

– L'enfant-espoir. Toutes ces morts… n'auront donc pas servi à rien, murmura-t-il en prenant Rachel par le bras. Es-tu vraiment l'enfant-espoir ? L'es-tu vraiment ? Combien de morts faudra-t-il encore ?

Rachel perçut dans l'expression de Grimwold un mélange de joie et de désespoir.

– Oh, encore ce poème stupide, marmonna-t-elle. Je

ne sais pas ce qu'il veut dire. À quoi sert-il ? Je ne m'en souviens même plus très bien.

Sans lui lâcher le bras, Grimwold récita le poème :

Brune enfant viendra,
Les ennemis libérera,
Chantez en chœur,
Du sommeil et de l'océan étincelant,
À l'aube, je surgirai
Pour voir éclater votre joie d'enfant.

– Je ne comprends toujours rien à ce poème, se désola Rachel.

– Je connais une autre strophe, dit soudain Eric à mi-voix.

Tout le monde se figea.

– Elle est sinistre, ajouta-t-il.

Rachel se tourna vers Trimak.

– Tu sais de quoi il parle ?

Tous les Sarren secouèrent la tête, le regard affolé.

Eric s'éclaircit la gorge avant de se lancer :

Brune enfant viendra,
Cœurs purs brisés,
Ancien courroux réveillé,
Enfants mort-nés,
Magiciens sous l'herbe cachés,
Sans aube, dans l'obscurité.

Dès qu'il se tut, les Sarren se couvrirent les oreilles en gémissant de douleur.

– Qu'est-ce que ça veut dire ? demanda Rachel, désemparée.

180

— Cœurs purs brisés, enfants mort-nés, magiciens sous l'herbe cachés, sans aube, dans l'obscurité... ça veut dire ceci, reprit Eric dans un souffle : Dragwena va tuer tous les enfants et tous les Magiciens, comme elle l'a annoncé à Rachel.

— Pourquoi n'as-tu rien dit plus tôt ? lui demanda sa sœur. Quelque chose d'aussi important ne...

— Il y a encore une minute je ne connaissais pas un seul mot de cette strophe, protesta Eric d'une petite voix. Et ne me demande pas pourquoi !

— C'est de moi qu'il s'agit, n'est-ce pas ? fit alors Rachel. Dragwena a besoin de moi pour accomplir ce que dit cette strophe. Elle a besoin de mes pouvoirs. Et quand elle aura fait de moi une sorcière, je l'aiderai à réaliser toutes ces choses abominables. Je suis l'enfant-espoir... ou plutôt la fin de tout espoir.

Morpeth et Trimak gardèrent les yeux fixés au sol, incapables de soutenir son regard.

— Vous n'en savez rien du tout, c'est ça ? dit-elle, contenant avec peine sa colère. Vous vous attendez à ce que ce soit moi qui sache tout ! Allons-nous rester ici à attendre que Dragwena vienne nous chercher ? J'en ai par-dessus la tête de me cacher et de fuir devant elle. Il doit bien y avoir quelque chose à faire. Combien de temps faudra-t-il à Dragwena pour nous trouver ?

— Quelques semaines, dit Trimak, ou seulement quelques jours. Mais peut-être sait-elle déjà que nous sommes là.

Rachel attira son frère vers elle.

— Qu'est-ce qu'on va faire ?

Eric éclata en sanglots et de grosses larmes roulèrent sur ses joues.

– Je n'en sais rien, moi. Invente quelque chose. La Sorcière ne t'a pas encore retrouvée.

Au même instant, Rachel entendit retentir un éclat de rire.

Un rire inhumain et reconnaissable entre tous… Dragwena.

17. Les dents

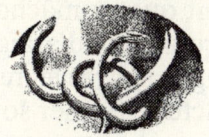

Rachel jeta un regard affolé dans la grotte.

– Je ne suis pas au fond de ce trou minable, railla la voix de Dragwena.

– Mais alors… où ?

– En toi, mon enfant.

Une douleur sourde fit frissonner Rachel.

– Co… comment est-ce possible ?

– Regarde ta main.

Rachel ouvrit les doigts. L'étoile à cinq branches, la marque de la Sorcière, brillait maintenant d'un noir intense au creux de sa paume.

– Je suis en train d'achever la tâche interrompue par les Sarren dans la tour-œil, expliqua Dragwena. La blessure que je t'ai infligée est très profonde. Mais ta transformation en sorcière sera indolore et rapide, à présent. Déjà ton sang s'éclaircit et change de couleur. Bientôt, il sera vert émeraude, un vert trop vif pour que les yeux des humains supportent de le regarder. Mais, à ce moment-là, tes yeux n'auront plus rien d'humain non plus…

Rachel planta ses ongles dans la marque de la Sorcière. Le sang qui en sortit était jaune. Elle paniqua :

– Qu'est-ce que tu m'as fait ? Ce n'est pas possible !

– Tes amis des grottes vont sûrement avoir un choc, s'esclaffa Dragwena. Ils pensent que tu es l'enfant-espoir venue les guider jusque chez eux. Ils seront surpris quand ils verront quatre mâchoires de sorcière jaillir de ta bouche grouillante d'araignées.

Rachel passa la langue sur ses lèvres. Elle sentit une masse dure et compacte se former sous sa chair à l'intérieur de ses joues.

– Dans quelques heures, la métamorphose sera terminée, lui dit Dragwena. Tu n'auras plus besoin de dormir, tes paupières s'effaceront. Tes narines s'écarteront, puis se déploieront en plusieurs parois de peau sensible qui te révéleront de nouvelles odeurs extraordinaires. Tout ceci va te plaire, je te le promets.

Rachel ferma très fort les yeux pour tenter de faire taire la voix.

– Ça ne marchera pas, poursuivit Dragwena. Je peux désormais lire la moindre de tes pensées, connaître tes peurs et tes espoirs. Tu ne pourras plus m'échapper. Inutile de lutter. Abandonne-toi à moi de ton plein gré.

Tout le corps de Rachel se convulsa d'effroi. Désespérée, elle regarda autour d'elle pour chercher de l'aide, avança en trébuchant et s'écroula par terre.

– Rachel, qu'est-ce que tu as ? s'écria Morpeth en se précipitant pour la relever.

Eric traversa la salle et fit une chose qu'il n'avait plus faite depuis qu'il était tout petit : il prit sa sœur par le cou, la serra tout contre lui, et elle sanglota dans ses bras, le corps secoué de larmes.

– Je sais, dit-il tout bas, Dragwena est en toi, c'est ça ?

Rachel se blottit contre son épaule, trop abattue pour dire quoi que ce soit.

Morpeth dévisagea Eric.

– Comment sais-tu ce qui lui arrive ? Comment peux-tu le savoir ?

– Je le sais, c'est tout. Elle a besoin d'être seule.

Morpeth souleva Rachel pour l'emmener dans une petite salle à l'écart. Sans lui lâcher la main une seconde, Eric la rassura en lui faisant des petits sourires affectueux, l'air parfaitement à son aise, comportement qu'il n'avait jamais en temps normal, Rachel le savait. Était-ce le signe qu'elle ne pouvait plus survivre sans son aide ?

Morpeth la déposa par terre avec délicatesse, puis essuya ses larmes.

– Voilà, dit-il en la prenant par le menton. Nous sommes seuls tous les trois – toi, Eric et moi.

– Nous ne sommes pas seuls. Dragwena est en moi. Elle sait tout ce que je sais.

– Que faire ? demanda Morpeth.

Il avait posé la question à Rachel, mais il se tourna ensuite vers Eric, et ce fut lui qui répondit.

– Je n'en suis pas certain, mais si Dragwena peut entrer dans son esprit, Rachel doit aussi pouvoir entrer dans le sien. (Il attrapa sa sœur par les épaules.) Essaie, Rachel. Vas-y. Essaie de trouver des choses sur la Sorcière.

Rachel hocha tristement la tête. Tout en tenant fermement la main d'Eric, elle se força à se détendre, ferma les yeux pour faire le vide dans son esprit. Puis, pleine d'hésitation, avec d'infinies précautions, elle commença lentement son exploration. Elle continua à chercher jusqu'à ce qu'elle sente une autre présence – une présence qui brûlait de désirs très, très anciens : Dragwena.

– Prends ton temps, regarde bien, murmura la Sorcière. J'attends ce moment depuis très longtemps, mon enfant. J'aurais préféré te rattraper avant que tu arrives à Latnap Deep, mais ça n'a plus vraiment d'importance. Il y a si longtemps que je n'ai pas pu lire à livre ouvert dans les pensées de quelqu'un... Les Sorcières sont les seules à posséder ce don. Nous avions commencé à communiquer de cette manière dans la tour-œil. Mais, maintenant, c'est beaucoup plus facile. Nous serons bientôt toutes les deux des Sorcières. Je n'ai plus à avoir de secrets pour toi, désormais. Regarde encore.

Les pensées de Dragwena s'ouvrirent sans résistance, et Rachel accéda aux plus sombres secrets enfouis dans sa mémoire. Elle éprouva même les sensations qui apaisaient Dragwena : la douce caresse de son âme-serpent, le bonheur de chevaucher une tempête-tourbillon aux confins du monde alors que les araignées s'abritaient au fond de sa gorge, et puis les loups. Rachel comprit ce que ressentait Dragwena lorsqu'elle se promenait au milieu de la meute : l'odeur des loups en chasse contre lesquels elle se frottait, courant dans tous les sens, s'adonnant pleinement à la poursuite où que celle-ci l'entraîne.

– Va encore plus loin, l'encouragea Dragwena.

Rachel s'exécuta. Elle aperçut la Sorcière lancée dans une longue traque. Au milieu des Monts Déchiquetés, Dragwena volait tel un oiseau jusqu'aux confins de la planète où la glace se figeait sur ses ailes gigantesques.

– Qu'est-ce que tu cherches ? demanda Rachel.

– Larpskendya. Le Magicien m'a dit qu'il laisserait sa chanson sur cette minuscule planète. J'ai cherché partout des traces de sa magie dans l'espoir de me débarrasser de sa présence.

Rachel vit alors Dragwena changée en une dizaine de créatures. Dans la peau d'un requin, la Sorcière l'avait traqué sous le vaste océan d'Endellion, elle avait plongé dans les recoins des fonds rocheux, et sa bouche n'était plus qu'une gueule immense qui engloutissait un million de créatures marines aux branchies fluorescentes. Pendant des siècles, elle l'avait cherché, inlassablement. Elle avait arpenté les quatre coins du monde, explorant les profondeurs des mers et les hauteurs du ciel, de jour comme de nuit. Rachel vit briller tant de fois des constellations inconnues qu'elle finit par les connaître par cœur.

Enfin, la traque de Dragwena arriva à son terme.

– Tu ne l'as jamais retrouvé, réalisa Rachel. Tu ne connais même pas la chanson de Larpskendya. Mais elle est toujours là, quelque part, qui protège Ithrea. Qui nous protège, nous. (Soudain, elle eut un haut-le-cœur.) Je me souviens du sommeil-rêve, lança-t-elle, la voix pleine de défi. Larpskendya promettait de protéger les enfants de la Terre en renforçant leurs pouvoirs magiques. Il disait qu'ils seraient capables de s'en servir contre toi si nécessaire.

– Aucun enfant n'a jamais eu assez de pouvoirs magiques pour me résister, dit Dragwena. Mais Larpskendya a tenu parole. Il y a des siècles que j'attire des enfants sur Ithrea, et leurs pouvoirs ne cessent de s'améliorer. Tu es la plus forte de tous, Rachel. Mais tu ne l'es pas suffisamment pour me résister.

– Ça, je n'en suis pas si sûre ! rétorqua Rachel.

Était-elle vraiment l'enfant-espoir ? Et Eric ? Que signifiait son don ? Représentait-il une menace pour la Sorcière ? D'un seul coup, elle sentit la peur envahir l'esprit de Dragwena, qui s'empressa de la dissimuler. Mais c'était bel et bien de la peur, et Rachel s'en réjouit.

– Tu n'as donc pas retrouvé Larpskendya. Très bien. Et qu'as-tu fait ensuite ?

– Cette planète était la sienne, c'était le monde de Larpskendya. Je la détestais à tous points de vue. Alors je l'ai changée !

Rachel regarda la Sorcière survoler le monde d'Ithrea couvert de verdoyantes forêts. Dès qu'elle touchait les arbres, ils noircissaient et se desséchaient sur pied. Elle effleurait de ses ongles la terre fertile, et les fleurs luxuriantes dépérissaient. Et lorsqu'elle s'élança dans le ciel vibrant d'azur, ce fut pour le transformer en un gris éteint, et la neige en un gris plus sombre, et pour filtrer la lumière dorée du soleil au point de le priver de toute couleur et de toute chaleur. Mais la Sorcière n'était toujours pas satisfaite. Elle alla jusque dans les coins les plus reculés du monde créer des tempêtes-tourbillons qui crachaient des éclairs et des nuages. Elle transforma ensuite les animaux, donna aux corbeaux des visages de poupons et changea les chiens en loups de la taille d'un ours, capables de parler et de la réconforter dans sa solitude. Et puis un jour, par pur caprice, elle retira aux aigles les voix chantantes que Larpskendya leur avait données.

– Ce que tu fais maintenant ne m'étonne plus, murmura Rachel. J'ai vu quel plaisir tu prenais à tuer et à torturer sans raison. Mais jamais je ne te laisserai m'utiliser pour faire ça !

La voix de Dragwena partit d'un grand éclat de rire.

– Nous verrons bien… Les aigles, les enfants, tout ce que tu connais et ressens pour l'instant n'aura bientôt plus aucun sens. Seule compte la bataille contre les Magiciens, la guerre éternelle. Mais il n'y a pas que la guerre, Rachel, il y a aussi la Communauté des Sorcières auprès de laquelle se réchauffer. Voudrais-tu la voir ? Veux-tu que je te montre le monde d'où je viens, la planète d'Ool, où vivent les Sorcières ?

Rachel avait conscience que Dragwena cherchait à la séduire. Mais cette fois, à la différence du sommeil-rêve ou des expériences qu'elle avait faites dans la tour-œil, elle eut l'impression de pouvoir résister à la Sorcière.

– Vas-y, montre-moi ta planète. Elle doit être affreuse, si c'est de là que tu viens !

Rachel se retrouva aussitôt en train de flotter au-dessus d'une immense planète. Dans le ciel d'un gris plombé, presque noir, le soleil blafard ne diffusait aucune chaleur. Comme elle s'y attendait, elle vit des tempêtes-tourbillons – mais contrairement à celles d'Ithrea, les tempêtes d'Ool recouvraient l'ensemble de la planète. Et à l'intérieur, au sommet des tourbillons, elle aperçut les Sorcières, des millions de Sorcières qui chevauchaient les rafales de vent hurlant en s'entraînant à lancer des sortilèges. Un bref instant, Rachel éprouva l'envie d'aller voltiger avec elles. Qui étaient-elles ? Quels étaient leurs noms ? Pourquoi n'y avait-il que des femmes ? Y avait-il parmi elles des mères ? Des sœurs ? Levant leurs bras nus, elles lui faisaient des signes en la suppliant de venir les rejoindre.

Rachel mourait d'envie d'y aller voler. Mais reconnaissant cette sensation qui l'entraînait malgré elle dans les désirs de Dragwena, elle y résista de toutes ses forces et chassa le monde d'Ool de son esprit, ce à quoi la Sorcière ne s'attendait évidemment pas.

— Comment as-tu fait venir les enfants de la Terre ? demanda Rachel.

Une image s'imposa alors à ses yeux : Dragwena assise, toute seule, au milieu des neiges éternelles d'Ithrea.

— Larpskendya s'est assuré que je ne puisse jamais quitter la planète. J'étais prisonnière, mais j'ai commencé à lancer un sortilège, rien qu'un, pour le retrouver. Il m'a fallu des dizaines d'années pour le mettre en place, et une centaine d'autres pour le perfectionner, au point que le processus a failli m'anéantir.

Rachel vit défiler toutes les années pendant lesquelles la Sorcière avait travaillé à son sortilège. Durant tout ce temps, elle n'avait quasiment pas changé de position, elle était restée assise dans la neige en remuant à peine la tête. L'effort qu'elle avait dû fournir pour aller jusqu'au bout l'avait rendu malade : des asticots grouillaient sur ses joues rouge sang, et ses dents avaient pourri au fur et à mesure que les araignées étaient mortes de faim.

— Larpskendya n'a commis qu'une seule erreur : il n'aurait jamais dû me dire qu'il allait renforcer la magie sur la Terre. Cela me laissait un vague espoir. Aussi ai-je consacré toutes mes forces à inventer ce sortilège et finalement, j'ai réussi à aller au bout.

Rachel vit Dragwena se traîner tant bien que mal jusqu'au plus haut sommet d'Ithrea et souffler sur les étoiles qui brillaient au firmament. Le sortilège s'élança vers le ciel et transperça le monde extérieur avant de se disperser dans plusieurs directions et de se mettre en chasse.

– J'ai attendu plus d'un millier d'années, reprit Dragwena. J'étais si faible que je me suis même demandé si les loups n'allaient pas me dévorer. Mais le sortilège a finalement trouvé la Terre. J'ai alors pu enlever des enfants, les amener ici et utiliser leurs pouvoirs magiques pour reprendre des forces.

Rachel repensa aux Magiciens et à l'Armée des Enfants.

– Pourquoi n'es-tu pas revenue ? Tu t'étais juré de tuer les enfants qui s'étaient retournés contre toi. Je sais à quel point tu les haïssais, et à quel point tu les hais encore.

– La magie des tout premiers enfants n'était pas assez puissante. Mais j'ai fait preuve de patience, j'ai attendu. Je savais qu'il viendrait un jour un enfant suffisamment fort pour m'aider – toi, Rachel.

– Je lis tes pensées aussi clairement que tu lis les miennes. Me laisser entrer ainsi dans ton esprit est dangereux pour toi, Sorcière. Je finirai par découvrir un moyen de te nuire.

Dragwena s'exprima cette fois dans un murmure :

– Non, mon enfant, tu ne comprends pas. Je compte te garder là, reliée à mon esprit, jusqu'à ce que je sois sûre que la transformation est complètement terminée. Une fois que tu seras devenue une vraie sorcière, je te laisserai repartir dans les grottes en toute liberté. Je crois que tu devrais commencer par tuer les traîtres, Morpeth et Trimak. Ensuite, nous déciderons quoi faire du petit Eric. Ton frère a des pouvoirs que je ne saisis pas encore très bien. Si nous n'arrivons pas à les tourner à notre avantage, nous l'éliminerons. Je te laisserai peut-être tuer toi-même ton frère… si l'armée que j'ai envoyée n'arrive pas à Latnap Deep avant cela !

Dragwena ouvrit son esprit, et Rachel vit une colonne de soldats Neutrana en marche. Cinq mille hommes, armés pour le combat au corps à corps et escortés par des loups, avançaient au pas cadencé vers Latnap Deep. L'armée serait bientôt là, et Dragwena avait prévu de massacrer tous ceux qui se trouvaient au fond des grottes.

Tous… sauf Rachel.

– Je vais les avertir ! s'écria-t-elle, folle de rage.

– Il faudrait pour ça que tu parviennes à sortir. Nous allons voir si tu y arrives !

Rachel rassembla ses pensées en espérant se retrouver de nouveau dans la grotte avec Morpeth et Eric. Mais elle avait beau faire, l'esprit de Dragwena la retenait prisonnière. Elle chercha une issue mais n'en trouva aucune. La voie qu'elle avait suivie pour s'immiscer dans les pensées de la Sorcière était barrée, à moins qu'elle ne l'ait oubliée, et tout autre chemin la ramenait plus profondément dans l'esprit de la Sorcière.

– Laisse-moi partir !

Dragwena éclata de rire, et l'écho résonna aux oreilles de Rachel.

– La transformation s'accélère. Tu ne t'en rends pas compte ? Tu ne sens pas comme tu changes ? Tu as déjà des nouveaux pouvoirs plus puissants que Morpeth est à même de l'imaginer. Tu es en train de devenir une sorcière. Viens me rejoindre. Ne lutte pas. Ça ne sert à rien. Bientôt…

Tout à coup, il y eut une explosion.

Rachel la sentit vibrer en elle comme la déflagration d'une bombe. Puis il y eut une nouvelle détonation, deux fois plus forte, suivie de cris aigus : les cris de Dragwena.

– Qu'est-ce qui se passe ? haleta la Sorcière.

Une nouvelle explosion retentit, et cette fois Rachel entendit quelque chose se déchirer. En levant les yeux, elle vit une lumière s'engouffrer par la déchirure, et juste au-dessus, une des grottes de Latnap Deep. Eric se tenait là, le visage écarlate à force de se concentrer.

– Sors de là ! entendit-elle crier Morpeth. Reviens vers nous !

– Non ! cria Eric. Il faut d'abord retrouver les sortilèges. Vite, Rachel, cherche-les pendant que j'ouvre l'esprit de Dragwena.

Les explosions continuèrent à retentir dans l'esprit de la Sorcière en le maintenant grand ouvert. Rachel n'hésita pas une seconde. Indifférente au supplice qu'endurait Dragwena, elle s'immisça dans toutes ses pensées, en fouilla les régions les plus secrètes jusqu'à ce qu'elle finisse par trouver ce qu'elle cherchait : les sortilèges – des sortilèges puissants et raffinés, des sortilèges de transformation et de rapidité, des sortilèges si complexes qu'ils nécessitaient un savoir insondable. Enfin, tapis tout au fond, se trouvaient les sortilèges de toutes sortes de morts. Un à un, Rachel les passa en revue et les garda en mémoire.

Brusquement, les cris de Dragwena cessèrent. Rachel cligna des yeux et se retrouva étendue dans une grotte de Latnap Deep, à côté de son frère et de Morpeth.

Eric donna un coup de pied rageur dans le mur.

– Alors, qu'est-ce que tu as trouvé ?

Rachel le regarda, l'air confus.

– Je… je ne… Où est la Sorcière ?

– Partie ! Je l'ai chassée de ta tête. J'ai écrasé sa magie. Elle est partie en courant. À mon avis, elle a dû courir jusqu'à la tour-œil !

– Comment as-tu fait ça ?

Eric haussa les épaules.

– Je ne sais pas. Je me suis attaqué à sa magie, c'est tout. N'oublie pas que je ne peux rien faire d'autre. Je savais que Dragwena te gardait là grâce à ses sortilèges. Comme j'ai senti que tu cherchais en vain une issue, j'ai neutralisé ceux qui te retenaient prisonnière. (Il se fendit d'un grand sourire.) Et Dragwena n'a pas pu les faire revenir. Elle ne savait plus comment faire, comme toi tout à l'heure !

Rachel réfléchit un instant à ce qu'elle venait de découvrir. Tous les sortilèges, y compris ceux de mort, étaient restés présents dans son esprit. Y en avait-il un qu'elle pouvait utiliser pour s'attaquer à la Sorcière ?

Sa joue gauche lui faisait mal. D'un geste machinal, elle la toucha… et retira immédiatement sa main.

Des dents, de nouvelles dents, étaient en train de pousser sous sa peau.

Elle se tourna vers Morpeth.

– À quoi est-ce que je ressemble ?

Il détourna les yeux.

– Réponds-moi !

Morpeth sortit un instant de la salle, puis revint avec un miroir. L'empoignant d'une main ferme, Rachel découvrit plusieurs choses : sa peau était rouge sang, son nez n'était plus qu'une masse informe et spongieuse et ses paupières avaient disparu. Elle se força alors à entrouvrir les lèvres et aperçut trois nouvelles rangées de dents encastrées dans ses gencives ; blanches et courbées vers l'arrière, elles étaient presque entièrement formées et repoussaient la chair de ses joues, prêtes à surgir.

Rachel lâcha le miroir. Puis elle resta plantée là, immobile, trop terrifiée pour crier.

Morpeth la prit par les épaules.

– C'est vrai, tu es en train de changer, mais tu es toujours la Rachel que je connais. Est-ce que tu as envie de nous tuer ? Est-ce que c'est ça que tu veux ? (Rachel secoua la tête, l'air désemparé.) Alors, il nous reste un espoir.

– Un espoir ? répéta Rachel, la voix vibrante de colère. Regarde-moi ! Je suis en train de me transformer en sorcière ! Dragwena m'a pourtant prévenue que ça allait arriver… (Elle se tourna vers Eric.) Dans combien de temps la transformation sera-t-elle terminée ?

– Je n'en sais rien. Je suis incapable de le dire.

– Mais tu ne peux pas l'empêcher ? Il est évident que c'est un sortilège. Tu ne peux pas arrêter ce qu'il est en train de me faire ?

Eric fronça les sourcils.

– Non. C'est un sortilège mais, d'une certaine manière, il fait aussi partie de toi. Je ne peux rien contre ce qui est en train de se passer. Je ne sais pas comment l'arrêter.

Rachel fit claquer ses dents. Ses nouvelles mâchoires s'emboîtaient parfaitement.

– Emmène-moi voir Trimak et les autres, ordonna-t-elle à Morpeth.

Dans la grotte principale, tout le monde retint un cri en la voyant entrer. Instinctivement, plusieurs Sarren dégainèrent leur épée. Rachel leur raconta rapidement ce qui se passait, sans oublier de mentionner l'armée en marche sur Latnap Deep.

Soudain, elle remarqua un homme qui avait l'air effrayé et osait à peine la regarder. Elle fit claquer ses nouvelles mâchoires d'un air menaçant.

– Tu devrais avoir peur de moi ! dit-elle. Une fois que je serai devenue une sorcière, Dragwena dit que je prendrai plaisir à vous tuer.

À la seconde même où elle formula cette pensée, Rachel sentit des sortilèges de mort envahir son esprit et la pousser à tous les tuer dès maintenant si elle en avait envie.

– Prépare tout le monde à partir, dit-elle à Trimak.

– Écoute, Rachel, rétorqua Morpeth, je sais que tu te transformes en… quelque chose, mais ça ne veut pas dire pour autant que tu vas devenir comme Dragwena. Ton instinct te commande toujours de nous protéger.

Rachel hésita.

– Tu veux dire que… je pourrais me battre contre elle ? La gentille Sorcière contre la méchante Sorcière ?

– Oui. Pourquoi pas ? Peut-être que tu ne te transformes pas du tout en une sorcière du genre de Dragwena. Tu devrais être capable de protéger les grottes, si besoin est. Il faut qu'on prenne garde à prendre la bonne décision. Réfléchis ! Tout ce que Dragwena t'a montré pourrait n'être qu'un mensonge. Il n'y a peut-être aucune armée en marche sur Latnap Deep.

Grimwold, qui était agenouillé à proximité, prit la parole.

– Non. J'ai envoyé quelqu'un vérifier. L'armée de la Sorcière est en route, exactement comme elle nous l'a dit.

Rachel jeta un regard circulaire sur les visages angoissés des Sarren.

– Il ne reste pas beaucoup de temps, dit-elle. Je ne pense pas pouvoir terrasser la Sorcière. Aucun des sortilèges que j'ai appris ne me permet de savoir comment faire. Par contre, je crois pouvoir vous mettre à l'abri, et ensuite… je partirai quelque part, seule, très loin d'ici. Peu importe l'endroit. J'attendrai que la transformation soit terminée pour voir ce qui se passe. Je préfère ne pas rester près de vous pour l'instant, je ne veux pas prendre ce risque. Je me disais que… si j'arrive à attirer Dragwena pour la combattre et l'affaiblir un peu, il restera peut-être encore une chance.

Morpeth parla d'un ton ferme :

– On ne t'abandonnera jamais à Dragwena. Quoi qu'il arrive, il faut qu'on reste ensemble.

Trimak dégaina son couteau.

– Morpeth a raison. Je m'étais juré d'utiliser ça contre toi, Rachel, dit-il en jetant son arme. Mais c'était une pensée indigne. J'ai l'impression que Dragwena cherche délibérément à nous séparer. Reste avec nous. Nous ferons tout notre possible pour te protéger.

Grimwold approuva d'un signe de tête, et tous les Sarren encore valides levèrent leur épée en s'agenouillant devant elle.

– Non, dit Rachel d'une voix tremblante. Veillez sur Eric. Ne laissez pas Dragwena ou moi lui faire du mal ! Ne…

Elle laissa sa phrase en suspens, sachant bien que ni Morpeth ni les autres Sarren ne seraient en mesure de le protéger de la Sorcière. L'idée qu'elle-même puisse nuire à son frère lui était insupportable. Eric serait-il plus en sécurité avec les Sarren ? Ou avec elle ?

À moins que… L'espace d'une seconde, Rachel eut l'horrible vision de son frère errant seul parmi les neiges d'Ithrea, fuyant devant elle et Dragwena.

Eric lui tapa sur l'épaule.

– Hé, Rachel…

Elle se retourna, et sentit ses quatre nouvelles mâchoires pivoter avec elle.

– J'ai confiance en toi, lui dit-il. Ne pars pas sans moi. Ne me laisse pas tout seul ici.

Rachel le prit dans ses bras.

– Je ne te fais pas peur ?

Il sourit d'un air gêné.

– Si, un peu… Tes dents sont vraiment affreuses.

Rachel éclata de rire… et les quatre mâchoires surgirent de sa bouche.

– Heureusement que j'ai ça pour moi, dit Eric en pointant fièrement son doigt vers le mur de la grotte. Je ne me laisserai pas impressionner par Dragwena. Promis, juré !

Rachel esquissa un sourire. Emmener Eric avec elle était-il la meilleure solution ? N'était-ce pas ce que Dragwena s'attendait à la voir faire ?

Grimwold faisait les cent pas dans la grotte.

– Je ne vois pas comment tu pourrais nous faire sortir d'ici sans danger. Crois-tu les Sarren en mesure de fuir devant toute une armée ? Regarde-nous ! fit-il en écartant les bras d'un geste désespéré. La plupart d'entre nous tiennent à peine debout. Où irons-nous ? Et où nous cacherons-nous ?

– Décris-moi le temps qu'il fait, dit alors Rachel.

– Pardon ?

– Est-ce qu'il fait nuit ?

– Ma foi, oui, il fait nuit, répondit Grimwold, agacé Le soleil s'est couché il y a plus d'une heure. Mais qu'est-ce que ça change ? Ça ne suffira pas à nous protéger. Armath est pleine et éclaire tout comme en plein jour. Les espions de Dragwena auront vite fait de nous repérer.

Il se tourna ensuite vers Trimak.

– Laisse partir Rachel et Eric s'il le faut, mais je pense que les Sarren doivent rester à Latnap Deep et se battre de leur mieux. Une fois remontés à la surface, nous serons pratiquement sans défense. Dans les grottes, nous pourrons au moins affronter les Neutrana.

Plusieurs Sarren acquiescèrent.

– Vous n'aurez besoin ni de fuir ni de vous battre, dit Rachel en les regardant tour à tour. Je possède maintenant de nouveaux pouvoirs.

À ces mots, les Sarren les plus grièvement blessés se redressèrent d'un bond, stupéfaits de constater que leurs blessures avaient disparu. Les nouveaux sortilèges dont elle avait besoin lui venaient à l'esprit sans aucun effort. Les sortilèges de Dragwena…, songea-t-elle. Mais quel était le meilleur ? Quel serait celui qui surprendrait la Sorcière et leur permettrait de s'échapper sans être vus ?

– Emmenez tout le monde dans les galeries supérieures de Latnap Deep, ordonna-t-elle une fois sa décision prise.

– Où comptes-tu nous faire aller ? demanda Trimak.

– Vous ne serez nulle part en sécurité. Il faut partir le plus loin possible d'ici.

Tandis qu'elle parlait, une dent transperça sa joue… suivie aussitôt d'une énorme mâchoire. Toutes les dents s'avancèrent d'un air affamé en essayant de mordre les Sarren Rachel sentit quelque chose ramper sur ses gencives et comprit qu'une araignée venait d'éclore dans la salive de sa bouche. Elle n'essaya même pas de la cracher, sachant déjà que d'autres viendraient la remplacer.

– On ferait bien de se dépêcher, dit-elle, la voix pleine d'amertume

18. Le Mont Fade

Rachel s'isola quelques minutes, le temps de fabriquer le sortilège qui lui serait nécessaire pour sortir des grottes.

Dès qu'il fut prêt, le monde autour des Sarren commença à changer. Très haut dans le ciel noir d'Ithrea, sept nuages s'approchèrent furtivement de Latnap Deep.

Ils arrivèrent de l'ouest en se déplaçant à toute vitesse dans la brise légère, mais pas assez vite toutefois pour que leur mouvement se distingue des autres nuages, puis ils s'étendirent sur plusieurs kilomètres à la ronde, enveloppèrent les collines et s'élevèrent enfin tous ensemble en allant masquer la lune.

– Maintenant ! dit Rachel à la sentinelle qui gardait l'entrée de la grotte.

Le Sarren entrouvrit la porte de quelques centimètres pour jeter un coup d'œil prudent à l'extérieur. L'armée de Dragwena approchait de tous côtés. Sans trop savoir à quoi s'attendre, les Sarren se regroupèrent dans les galeries à proximité de la porte par laquelle un brouillard glacé pénétra, les encerclant d'une humidité laiteuse.

– N'ayez pas peur, dit la voix lointaine de Rachel. Laissez le brouillard vous envelopper. Je l'ai fait venir pour nous protéger. Nous allons voler à la façon d'un nuage qui vous fera monter dans le ciel. Mais vous ne tomberez pas, et le voyage ne sera pas très long.

L'instant suivant, les Sarren se sentirent soulevés de terre, comme si on avait placé un coussin au-dessous d'eux. Ils restèrent un moment suspendus en l'air dans la galerie, les pieds à quelques centimètres du sol.

– Je suis prête, annonça Rachel.

Elle sortit la première. Un par un, la porte étant trop étroite pour passer à plusieurs, les Sarren se mirent à flotter derrière elle en montant vers le ciel obscur. Doucemtôt, comme de la vapeur qui s'échappe du bec d'une théière, ils sortirent de Latnap Deep. Au moment où le dernier quitta la galerie, Rachel était déjà à plus de trois mille mètres d'altitude.

La longue colonne de grisaille tournoya dans les airs avant de s'étaler parallèlement à l'horizon, puis elle s'éleva vers le ciel. De loin, on aurait dit un fin nuage gris. On ne voyait ni n'entendait rien. Le nuage dériva un court instant au gré des vents, puis fila vers l'ouest rejoindre d'autres nuages qui dissimulaient la lune d'Armath et les étoiles.

– Préparez-vous ! lança Rachel, dont la voix résonna jusqu'en bas de la colonne. Nous allons partir !

Aussitôt, le nuage s'immobilisa tandis que les autres poursuivaient leur course vers l'ouest. Un instant plus tard, il obliqua en direction du sud-ouest en rasant le sol et nombreux furent ceux qui s'affolèrent en se sentant basculer. Le nuage prit de la vitesse et fendit la

202

nuit. Rachel envoya un sortilège de réchauffement pour protéger les Sarren du vent glacial.

Un Prapsy solitaire qui volait très haut dans le ciel vit le nuage passer sous lui et cligna des yeux plusieurs fois. « Qu'est-ce que c'est que ça ? » se demanda-t-il, mais le nuage s'était éloigné, et le Prapsy n'y pensait déjà plus. Il continua à surveiller l'armée de la Sorcière qui progressait au sol – dans moins d'une heure, les Neutrana et les loups atteindraient Latnap Deep.

Après une course de quelques minutes, le nuage s'arrêta au-dessus d'une petite colline, tout près du pôle sud d'Ithrea : le Mont Fade, que Rachel avait choisi. Son voyage dans l'esprit de Dragwena lui avait permis de découvrir tous les coins de la planète. Ici, il n'y avait pas d'espions, elle le savait. Rien ni personne ne vivait sur le Mont Fade, à l'exception de quelques arbres décharnés qui luttaient tant bien que mal contre les vents.

Le nuage se posa en douceur, puis se dispersa en déversant les Sarren sur le tapis de neige. Très vite, plusieurs hommes se relevèrent et brandirent leur épée, prêts à se battre.

Grimwold et Morpeth allèrent rejoindre Rachel, l'œil aux aguets.

Morpeth parcourut la brève distance qui le séparait d'elle et lui prit les mains.

– Es-tu certaine que c'est ce qu'il faut faire ? Nous serions plus tranquilles si tu restais avec nous.

Rachel fit claquer ses nouvelles dents.

– Et ça, qu'en fais-tu ?

– Je finirai sûrement par m'y habituer, répondit Morpeth en baissant les yeux. En revanche, je ne pense pas pouvoir m'habituer à ce que tu ne sois plus là.

Rachel lui tapota le menton.

– Tu sais quoi ? Je crois que je t'aimais mieux avec ta barbe hirsute. Je préférais le vieux Morpeth.

– Si ça te fait plaisir, je la laisserai repousser. Quand tu reviendras.

– Je peux changer ton apparence tout de suite, si tu veux.

Morpeth lui sourit.

– Oh, je ne sais pas trop... C'est la première fois depuis plus de cinq siècles que j'arrive à voir quelque chose par-dessus la tête de Trimak. Je trouve plutôt agréable de ne pas devoir lever les yeux en permanence !

– Je n'avais pas pensé à ça, dit Rachel en s'efforçant de réprimer ses larmes. Pourtant, d'après ce que j'ai pu voir, c'est toujours vers toi que tout le monde lève les yeux.

Lorsqu'elle le serra dans ses bras, Morpeth dit soudain :

– Où est parti Eric ?

Rachel vit alors que son frère s'était éloigné vers un monticule de neige.

– Eric, reviens ! lui cria-t-elle.

– Dragwena est ici, dit-il sans lui prêter attention. En tout cas, elle est passée par là. La magie a une odeur...

Il approcha son visage de la neige et écarta les bras. Tout en reniflant, il traça des cercles avec ses mains.

– Je vais la trouver !

– Non ! hurla Rachel.

Brusquement, la plaque de neige qui se trouvait devant Eric s'ouvrit en deux et une silhouette surgit du sol.

C'était Dragwena.

Avant qu'Eric ait pu faire quoi que ce soit, la Sorcière le frappa si violemment qu'il s'effondra dans la neige. Il resta étendu là, le visage en sang, inconscient.

– Je m'occuperai de toi plus tard, mon garçon, dit Dragwena.

Grimwold fut le premier à réagir. Suivi de près par plusieurs Sarren, il se jeta sur la Sorcière. Dragwena les immobilisa d'un bref regard, puis les projeta à plusieurs centaines de mètres dans le ciel noir. Avant qu'ils ne retombent, Rachel leva les yeux pour les maintenir suspendus en l'air, épinglés tels des papillons sans ailes au milieu des étoiles.

– Pas mal, mais pas encore parfait ! commenta Dragwena.

Puis elle envoya un grand coup dans l'esprit de Rachel qui, sous la douleur, cessa de contrôler ses pensées une fraction de seconde. Il n'en fallut pas plus pour que Grimwold et les autres Sarren dégringolent du haut du ciel…

Et trouvent la mort en percutant le sol.

– Et voilà, chère enfant-espoir ! ricana Dragwena. Je vais avoir le plaisir de provoquer beaucoup de morts de ce genre, ce soir. Croyais-tu pouvoir m'échapper ? Pauvre folle ! Tu sens mauvais. Tu empestes la magie. Je reconnaîtrais ton odeur n'importe où. Le nuage était un camouflage assez maladroit et facile à repérer. Quant à Eric, je savais qu'il ne résisterait pas à l'envie d'utiliser ses dons inhabituels pour me retrouver. Vous n'êtes que des enfants. Je serai toujours en mesure de déjouer vos ruses.

Horrifiée, Rachel contempla les corps disloqués des Sarren qui gisaient en tas dans la neige. Malgré son chagrin, elle se prépara à réagir, persuadée que la Sorcière allait passer à l'attaque. Mais Dragwena dit alors :

– Tu dois pourtant savoir que tu ne peux pas me vaincre. Pourquoi te battre ? Si tu viens à moi de ton plein gré, j'épargnerai le reste de tes amis. Même le petit Eric. Je te le promets.

Rachel s'empressa de lire les pensées de la Sorcière. Un bref instant, Dragwena avait oublié de se tenir sur ses gardes. Elle voulut bloquer le sortilège, mais Rachel avait eu le temps d'entrevoir la vérité : la Sorcière avait l'intention de massacrer sauvagement tous les Sarren.

– Tu as peur, dit Rachel. Rien d'autre ne te ferait promettre une chose pareille. Tu mens. Tu as peur d'Eric, et tu as peur de moi !

Le masque de belle assurance qu'affichait Dragwena retomba d'un seul coup.

– De quoi as-tu si peur, Sorcière ?

Dragwena ne répondit pas.

Rachel resta silencieuse un instant, comprenant tout à coup ce qui les différenciait l'une de l'autre.

– Je sais pourquoi, dit-elle finalement, la sorcière que je suis en train de devenir n'est pas du même genre que toi. (Puis elle passa la main sur ses quatre mâchoires.) D'ailleurs… je ne suis pas du tout en train de me transformer en sorcière.

– Tu ne pourras plus résister très longtemps. Inutile d'essayer.

Rachel songea à nouveau à tout ce qui s'était passé : la blessure que lui avait infligée Dragwena dans la tour-œil, son insistance à lui faire croire de quoi il s'agissait… Et d'un seul coup, elle comprit la vérité.

Elle se planta fièrement devant Dragwena.

– C'est toi qui m'as convaincue que je me transformais en sorcière, murmura Rachel. Tu n'as pas cessé de me répéter que j'allais devenir comme toi, que je penserais comme toi, que je te ressemblerais. Et je l'ai cru ! (Rachel toucha ses cheveux, ses bras, ses quatre lèvres, puis elle sourit.) Ma propre magie continuait à se développer. Mais la magie ne sait pas ce qu'elle veut. Morpeth m'a appris ça dans la Salle du Petit Déjeuner, quand j'ai dû choisir la couleur du pain. J'avais oublié cette leçon élémentaire. La magie ne demande qu'à être utilisée. Mais elle a besoin d'être contrôlée. Je me suis servie de la mienne sans même m'en rendre compte. J'étais si convaincue que j'allais devenir une sorcière que la magie a fonctionné dans ce seul but précis. Si j'avais continué à le croire, j'aurais sans doute fini par devenir la sorcière que tu voulais. Comme tu l'avais prévu depuis le début.

Sur ces mots, Rachel reprit son apparence normale. La petite fille qui fit face à Dragwena avait une seule denture et des cheveux bruns.

– Tu n'es qu'une sorcière bête et stupide, reprit-elle. Je sais ce que tu veux : retourner sur la Terre pour tuer les Magiciens et les enfants. Et pour ça, tu as besoin de mon aide. Toute seule, tu ne peux rien. Mais je ne t'aiderai pas ! Ta voix doucereuse n'aura plus d'effet sur moi, pas plus que tes autres ruses. (Elle regarda Dragwena au fond des yeux.) J'ai appris beaucoup de choses. Je peux très bien me détruire moi-même, si l'envie m'en prend. Quoi qu'il arrive, tu ne pourras pas me transformer en sorcière. Je ne laisserai jamais la dernière strophe du poème se réaliser.

Dragwena explora l'esprit de Rachel, qui se saisit de sa pensée et la lui renvoya aussitôt.

La Sorcière hurla de rage, et sa voix résonna tout autour du Mont Fade.

— Dans ce cas, j'espère que tu es prête pour la bataille, siffla Dragwena, dont les yeux tatoués lançaient des lueurs de défi. Tu ne me sers plus à rien, désormais. Je ne peux pas te laisser en vie. Un vrai combat ! Je n'ai pas eu ce plaisir depuis de longues années.

— Un combat à mort, murmura Rachel.

— Cela va de soi !

Prise au dépourvu, Rachel essaya de garder son calme.

— Je connais quelques sortilèges intéressants, à présent, dit-elle d'une petite voix.

— En effet, puisque tu me les as empruntés. Mais je connais toutes les parades contre ces sortilèges. J'espère que tu as une nouvelle arme, sinon notre combat risque de tourner court.

— Il aura au moins l'avantage d'avoir lieu.

— Voilà que tu parles comme une sorcière ! s'esclaffa Dragwena. Brave petite fille, sais-tu seulement de combien de manières je peux te tuer ?

Rachel hocha la tête.

— Je sais tout, je connais tous tes sortilèges.

— Non, dit doucement Dragwena. Tu sais uniquement ce que je t'ai permis de voir. Quand Eric t'a aidée à trouver les sortilèges de mort, je me suis enfuie avant que tu ne découvres les plus meurtriers. Ce sont des sortilèges encore plus puissants que les autres, des maléfices de mort. Tu es sans défense contre eux, mon enfant. Ça ne te fait pas peur ?

— Tout ce que tu es me fait peur, répondit Rachel. Mais tu ne perdrais pas ton temps avec moi si tu n'avais pas peur de moi, toi aussi.

Dragwena la regarda longuement d'un œil admiratif.

– Quel dommage que je doive te supprimer, dit-elle. Mais puisque tu existes, il va sans dire que d'autres viendront après toi. Larpskendya a effectivement développé la magie chez les enfants de la Terre. Et je l'en remercie. Je ne ferai pas avec eux les mêmes erreurs que j'ai faites avec toi. (Elle recula. Son serpent-âme rampa en diagonale sur son visage, signe que le moment était venu de livrer bataille.) Puisque tu es suffisamment courageuse pour vouloir me défier, veux-tu lancer le premier sort ? Je trouve que tu mérites cet honneur.

Rachel jeta un regard vers Eric, qui gisait toujours dans la neige, face contre terre. Il fallait éloigner Dragwena de lui au plus vite et l'entraîner le plus loin possible du Mont Fade. Elle se transforma en corbeau et s'envola dans le ciel.

Mais au lieu de la suivre, Dragwena se tourna vers les Sarren.

– Regardez bien la scène finale ! s'exclama-t-elle. Ce sera la dernière chose que vous verrez. Quand je reviendrai, je vous ferai tous brûler vifs.

Une seconde plus tard, un second corbeau s'élança en croassant à la poursuite de Rachel.

Sur le Mont Fade, tout le monde suivit d'un regard anxieux les deux oiseaux noirs tandis qu'ils s'éloignaient à tire-d'aile dans la nuit d'Ithrea.

19. Le Maléfice de mort

Rachel n'était pas du tout prête à se battre. Prise de panique, elle volait dans tous les sens en cherchant où aller, où trouver un endroit sûr pour se cacher. Elle se décida pour les Monts Déchiquetés, à l'exact opposé du Mont Fade, elle survola sans effort les pics et les vallées en se demandant comment utiliser les nouveaux sortilèges, consciente que Dragwena les pratiquait, elle, depuis des milliers d'années.

« Avant tout, se mettre à l'abri », se dit Rachel. Pour ce faire, elle commença par réduire le bruit de ses battements d'ailes au silence. Les énormes flocons de neige qui lui brûlaient les yeux l'obligeaient à voler à l'aveuglette, mais elle n'en distinguait pas moins le monde avec une parfaite clarté. En voyant Armath briller de tout son éclat, elle modifia les couleurs du haut de son corps de façon qu'il reflète les rayons de lune. Au loin, la masse noire impénétrable du Palais se détachait dans la pénombre.

Dragwena la retrouverait-elle rapidement ? Valait-il

mieux passer à l'offensive ou rester sur la défensive ? Quand elle leur posa la question, les sortilèges lui fournirent diverses réponses. Pouvait-elle faire quelque chose dont Dragwena était incapable ? Quelque chose de nouveau : par exemple une arme que Dragwena n'aurait encore jamais vue ? Cette fois, les sortilèges ne lui apportèrent pas de réponse. C'est alors que Rachel se rendit compte qu'elle avait oublié de verrouiller ses pensées. Furieuse contre elle-même, elle les effaça de sa mémoire.

Au même instant, Dragwena surgit à ses côtés et frôla son aile du bout de la sienne.

– Trop tard ! fit la Sorcière. Tu devrais d'abord penser aux choses évidentes, mon enfant. J'entendais tes pensées s'entrechoquer depuis le Mont Fade. Et maintenant, je sais que tu n'as pas d'arme secrète non plus. Tu n'aurais jamais dû me le révéler. Continue à piquer ma curiosité, sinon je t'arrache le cœur.

Rachel se déplaça rapidement au hasard : des Monts Déchiquetés à Dragwood, du Lac Ker au Palais, bougeant sans cesse et ne restant jamais au même endroit plus de quelques secondes. Tout en se déplaçant, elle changea également de forme pour tenter de semer la Sorcière. Finalement, elle se confondit avec la pierre noire du mur d'enceinte du Palais, devint un grain du mur lui-même et attendit là, anxieusement.

Juste à côté d'elle, un morceau du mur lui parla.

– Tu ne pourrais pas faire mieux ? Je connais trop tes ruses pour me laisser berner par tes transformations. Le jour où tu t'es changée en grain de poussière dans la tour-œil, tu m'as eue par surprise, mais ça ne prendra plus. Dépêche-toi, je commence à m'impatienter. Étonne-moi avec ta magie !

211

Rachel prit la forme d'un loup qui rôdait dans les jardins du Palais et s'en appropria jusqu'à l'odeur. Puis elle se transforma en grenouille, sentit son odeur visqueuse, et la mélangea à celle du loup et à d'autres tout en continuant à bouger. Pour la première fois, elle distingua l'odeur singulière que dégageait sa propre magie et s'en débarrassa. Après avoir parcouru d'innombrables kilomètres, elle dissimula toutes les odeurs pour se transformer en un courant d'air inodore qui dérivait sans but.

Cette fois, Dragwena mit plusieurs minutes avant de la retrouver, et Rachel ne devina sa présence que lorsqu'une griffe noire descendit du ciel.

– Intéressant, dit Dragwena. Et ensuite ?

Rachel imita la Sorcière qu'elle agrippa à l'aide d'une plus grande griffe. Dragwena se laissa faire, puis des mains noires géantes vinrent obscurcir Armath, tandis que des milliers de griffes apparaissaient partout dans le ciel.

Au bout d'un moment, Dragwena les fit descendre toutes deux sur le sol.

– Copier, c'est vraiment tout ce que tu sais faire ? demanda-t-elle d'un air las. J'espérais un combat plus exaltant que ce...

Rachel, qui venait de pénétrer dans le serpent-âme de la Sorcière, s'empara soudain de son esprit, lui fit écarter ses crochets et mordre le cou de sa maîtresse.

Dragwena poussa un hurlement, puis se ressaisit, mais Rachel savait déjà ce qu'elle allait faire ensuite – le serpent n'avait été qu'une diversion. Elle fit scintiller tout son corps et créa des milliers d'autres Rachel qui se mirent à briller à leur tour dans la nuit. Pendant un instant, tout le ciel crépita d'une telle incandes-

212

cence que même les Sarren l'aperçurent depuis le Mont Fade et se demandèrent ce qui se passait. Très vite, elle envoya des fausses Rachel dans tous les sens – sur la terre, dans les arbres, sur les rochers, dans l'eau et dans les airs. Conservant toutes les fausses formes à l'esprit, elle se concentra pour les faire paraître aussi vraies qu'elle-même, leur donner une odeur, un poids, une façon de respirer et des battements de cœur, et les éparpilla aux quatre coins d'Ithrea.

Au-dessus du Palais, tout là-haut dans le ciel, plusieurs Rachel regardaient en bas. Au milieu d'elles, sa vraie forme vit la Sorcière se troubler un instant.

Et soudain, Dragwena apparut devant elle en riant à pleine gorge. Rachel poussa un cri – un cri qui la trahit. Elle s'aperçut alors, mais un peu tard, que la forme de Dragwena tordue de rire était apparue à côté de toutes les autres Rachel.

– Oh, très bien. Excellent ! Si seulement tu avais pensé à faire crier toutes les autres Rachel, ça aurait pu marcher. Mais c'est sans doute trop te demander. Il faut de nombreuses années d'entraînement avant de devenir une vraie sorcière. Tu n'es pas là depuis assez longtemps. Mais essaie encore, ajouta Dragwena dans un sourire. Je n'ai pas envie de te tuer tout de suite.

Rachel changea de forme en sillonnant toute la planète, cherchant à gagner du temps pour imaginer autre chose. Que pouvait-elle essayer de nouveau ? « Allez, vite, se dit-elle, pense à quelque chose ! Quelque chose de complètement différent… »

Le regard nonchalant, Dragwena suivit les transformations de Rachel et prit le temps de savourer chaque moment en espérant avoir droit à quelques surprises plus intéressantes.

Un moment, elle la perdit de vue puis réalisa tout à coup que Rachel s'était arrêtée partout... sauf à Dragwood. Aussitôt, elle descendit en vol plané, sachant déjà à quel endroit précis avait atterri Rachel. Mais au lieu des arbres lugubres, elle se retrouva au milieu d'une forêt luxuriante. À la place de la terre noire, elle vit de l'herbe bien grasse et bien verte. Et là, assis en tailleur sur la pelouse verdoyante, se tenait un Magicien aux yeux multicolores.

– Larpskendya ! laissa échapper Dragwena dans un souffle.

– Je t'avais dit que je ne cesserais jamais de protéger ce monde, dit le Magicien. As-tu vraiment cru que j'allais te laisser persécuter Rachel ?

Dragwena tomba à genoux, la tête dans les mains.

– Ce n'est pas possible !

À la seconde où la Sorcière détourna les yeux, le corps de Larpskendya disparut. À l'endroit où il avait été assis, une lame aussi fine qu'une aiguille était suspendue dans le vide et planait sur place. Rachel contrôlait la lame – mélange de tous les sortilèges de morts fulgurantes qu'elle avait réussi à rassembler. Profitant du trouble de Dragwena, elle lança la lame qui se planta dans le corps de la Sorcière et le réduisit instantanément en charpie.

Et tandis que le vent éparpillait des lambeaux de la dépouille de Dragwena sur la neige, Rachel reprit son apparence de petite fille. Puis elle examina les morceaux d'os, de chair et de vêtements en retournant les débris du bout du pied, osant à peine croire que son plan avait marché.

Alors, derrière elle, Rachel entendit quelqu'un applaudir lentement.

Dragwena était là, debout, et indemne.

– Oh, bien joué ! dit-elle. Formidable ! Quelle merveilleuse sorcière tu aurais pu être… Quelle audace ! Chercher ce qui me fait le plus peur pour t'en servir contre moi… Heureusement que j'ai réussi à me transformer en arbre au dernier moment. (Elle se courba respectueusement.) Se battre contre toi est un honneur. On continue ?

Rachel observa l'expression de la Sorcière. Son visage n'exprimait aucune crainte, mais seulement le plaisir et la joie du combat. Et elle n'avait pas encore commencé à se battre sérieusement. D'une minute à l'autre, Dragwena pouvait passer à l'attaque. Rachel ignora les sortilèges qui se bousculaient dans sa tête et essaya de se remémorer les souvenirs de la Sorcière. Il devait bien y avoir quelque chose à utiliser ! Quel était le point faible de Dragwena ? Quel était l'endroit où elle ne la suivrait jamais ? Mais oui, bien sûr…

Rachel se transforma aussitôt en fusée et s'élança aux confins du ciel. Les nuages défilèrent tout près de son visage, et l'air se fit plus léger.

– Qu'est-ce que tu fabriques ? demanda Dragwena en prenant la même forme et en la rattrapant.

Rachel se concentra pour verrouiller ses pensées, mais Dragwena le sentit et devina ses intentions.

Sans attendre, la Sorcière les ramena violemment sur le sol.

– Petite sotte, dit-elle. Si tu n'avais pas fermé ton esprit, je n'aurais pas pris la peine de lire dedans. Et tu aurais pu t'échapper ! Tu viens de gâcher une chance. Puisque tu sais que je ne peux pas quitter Ithrea, pourquoi n'as-tu pas imaginé que tu étais déjà dans l'espace, au-delà de la planète ? Je n'aurais jamais pu te suivre. Mais tu as fait la chose la plus banale qui soit : tu t'es contentée de voler très vite. Tu penses encore comme une enfant.

Immédiatement, Rachel s'imagina dans l'espace, à des années-lumière du monde. Son corps fendit l'air, puis se froissa sur lui-même comme une feuille de papier. Trop tard : l'écran invisible que Dragwena avait mis en place la retenait prisonnière. Elle se ressaisit, puis s'élança à travers le ciel, espérant de toutes ses forces trouver une fissure dans l'écran. Mais il n'y en avait pas. Les étoiles, si proches qu'elle en aurait pleuré, lui faisaient des signes. Désespérée, elle s'accrocha à leur lumière vacillante en cherchant un moyen de s'échapper.

La Sorcière apparut à ses côtés.

– Je pense que notre petite bataille est bientôt terminée, dit-elle. J'ai eu tort de croire pouvoir t'utiliser, j'aurais sans doute mieux fait de me concentrer sur ton frère dès le départ. (Elle sourit et attira le visage de Rachel tout près du sien.) Eric pourrait m'être très utile. Avec un peu d'entraînement, je sens qu'il serait capable de faire reculer les limites de la magie que Larpskendya a placées autour de ce monde. En fin de compte, ce sera peut-être Eric qui m'aidera à réaliser la dernière…

Rachel souffla un sortilège d'aveuglement sur Dragwena. Leurs têtes étaient si proches que la Sorcière n'eut pas le temps de fermer les yeux et, pendant un instant, des piques vert émeraude fouettèrent son visage. Mais soudain elles disparurent, laissant la Sorcière une fois de plus indemne.

– Je sais comment me protéger de tous tes sortilèges, murmura Dragwena. Eric ne se battra pas comme toi.

216

Il est si jeune... Il sera beaucoup plus facile à convaincre.

Rachel poussa un cri en s'éloignant de nouveau, mais cette fois Dragwena ne se donna même pas a peine de la suivre. Elle se contenta de rattraper Rachel en plein ciel et de la ramener avec elle sur le Mont Fade.

Rachel vit Morpeth, Trimak et le reste des Sarren se tourner vers elle, le regard rempli d'espoir. Eric était dans les bras de Morpeth, toujours inconscient.

– Tu as vu leurs petits visages inquiets ? dit Dragwena. Je veux qu'ils me voient tous t'écraser, qu'ils voient périr leur enfant-espoir. Et ensuite, je ferai mourir Morpeth et Trimak, très lentement, sur une centaine d'années peut-être. Eric m'aidera. Les autres Sarren sont sans importance. (Elle éclata de rire.) Mais où est donc passé ton cher Larpskendya ? Où est le Magicien qui a promis de te protéger ?

Au comble du désespoir, Rachel eut soudain une idée. Elle tendit le cou vers Armath, puis elle inspira un grand coup et récita à voix haute la strophe de l'espoir.

Pendant quelques instants, l'air vibra délicatement, tout le monde sur le Mont Fade le ressentit, y compris la Sorcière. Rachel et les Sarren attendirent, pleins d'espoir, mais il manquait encore quelque chose. Les mots s'évanouirent dans le vent de la nuit tandis qu'Armath continuait à briller froidement au-dessus d'eux.

Rachel courba alors la tête, vaincue. Ses défis, sa bravoure, sa magie, désormais tout cela ne servirait plus à rien. Où était Larpskendya ? Où était-il ? En se retournant, elle vit les Sarren regroupés sur le Mont

Fade, aperçut le petit visage d'Eric blotti dans les bras de Morpeth et renonça à tenter quoi que ce soit.

– Prépare-toi à mourir, mon enfant, dit Dragwena. Je vais faire venir le Maléfice de mort.

À pas lents, la Sorcière s'avança au centre du Mont Fade et leva les bras. Elle lança des sortilèges en récitant des incantations dans la langue d'Ool, le monde d'où elle venait. Rachel reconnut quelques-uns des mots qui composaient les sortilèges mortels, mais la plupart d'entre eux lui étaient inconnus. Il s'agissait là d'un sortilège terrible que Dragwena ne lui avait jamais révélé – un sortilège d'une puissance inimaginable dont le seul objectif était de tuer. Rachel chercha quelque chose, n'importe quoi, pour se défendre.

Lentement, le Maléfice arriva. Dragwena savait qu'elle n'avait plus besoin de se presser. Quittant les étendues glacées du nord, une gigantesque tempête-tourbillon fondit du bout du monde. Rachel la vit se tordre au loin dans un déchaînement de fureur. Tandis qu'elle la regardait, la tempête-tourbillon se propagea au point de recouvrir bientôt l'ensemble du ciel. Son ombre immense se répandit sur Ithrea en masquant la neige et les étoiles, enveloppa les Monts Déchiquetés, puis dévora Armath qui brillait au-dessus. Les montagnes et les rivières furent à leur tour englouties, et le vent qui se leva commença à souffler en violentes rafales sur le Mont Fade.

Les Sarren, bien que terrifiés, restèrent en rangs serrés. Trimak en tête, ils descendirent d'un pas solennel dans la neige, le corps plié en deux pour résister au vent. Morpeth hésita un instant, regarda d'abord Eric, puis Rachel. Alors, il s'éloigna en emportant le petit garçon, le déposa avec précaution dans la neige, glissa son manteau sous sa tête, puis prononça trois mots. Rachel comprit qu'il ne s'agissait pas d'un sortilège de protection – Morpeth savait bien que sa magie était trop faible pour protéger l'enfant. Ce n'était rien d'autre qu'un sortilège d'excuse, un sortilège qu'Eric n'entendrait probablement jamais. Après l'avoir embrassé sur le front, Morpeth revint sur ses pas.

Tous les Sarren entouraient à présent Rachel. Ceux qui avaient une épée la brandirent en direction de Dragwena.

La Sorcière éclata de rire.

– Des épées ? Comme c'est touchant.

L'énorme tempête atteignit finalement le Mont Fade. Elle plana au-dessus de la tête de Dragwena en expulsant une masse de nuages noirs tourbillonnants aussi vaste que l'horizon. Très vite, le nuage changea de forme et se condensa en un étroit tunnel de vent à peine plus gros qu'une corde. Dragwena laissa tomber sa mâchoire sur son menton, aspira le tunnel et frissonna de plaisir en le sentant se déverser dans sa gorge.

Au moment où la Sorcière referma la bouche, elle sourit à Rachel.

– Prête ?

– Oui ! s'écria le Sarren qui se trouvait le plus près de Dragwena.

La bouche de la Sorcière s'avança vers lui et recracha le Maléfice de mort.

Une épaisse colonne de fumée noire jaillit de ses lèvres à une vitesse vertigineuse. Et soudain, à l'intérieur de la fumée, un millier de dents apparurent.

Les anneaux de protection que Rachel mit en place autour des Sarren s'avérèrent sans effet. La fumée enveloppa un premier Sarren et le déchiqueta sur place. Sachant que les autres allaient être tués à leur tour, Rachel les transporta à l'abri, de l'autre côté du Mont Fade, et se retrouva seule face à la fureur de la fumée hérissée de dents.

Bien qu'elle se soit protégée à l'aide de plusieurs sortilèges, les dents continuaient à la ronger sans relâche. Elle y résista tant bien que mal en faisant appel à tout son savoir : des sortilèges défensifs, des sortilèges mortels, des incantations de paralysie… Et lorsque les dents se plantèrent en elle, elle essaya de les arracher avec ses ongles.

Mais tous ses efforts restèrent vains. Dragwena gloussa de plaisir en voyant les dents commencer à dévorer les lèvres et les yeux de Rachel.

20. Le Manag

Rachel sentit les dents lui arracher une partie du visage, déchiqueter ses bras et ses jambes, puis s'attaquer à son cou et à son cœur. Déterminées à la tuer le plus rapidement possible, les dents mastiquaient goulûment sa chair tout en murmurant la formule du Maléfice de mort.

Elle endura courageusement ces tortures, ses pensées concentrées sur un unique sortilège qui rendait son corps insensible à la douleur. Elle attendit et attendit encore jusqu'à ce que les dents se soient plantées partout sur son corps, et ce ne fut que lorsqu'elle entendit murmurer la dernière mâchoire du Maléfice que le sens de celui-ci lui fut enfin révélé.

D'un coup de poing, Rachel se décrocha la mâchoire. Son menton bascula et sa bouche s'ouvrit toute grande. Dans un gargouillis d'air et de sang, elle cracha la formule dont elle avait besoin et, aussitôt, les dents cessèrent de la mordre. Puis la colonne noire composée de fumée et de dents se précipita dans sa gorge, envahissant tout son corps.

Couverte de sang des pieds à la tête, le corps entièrement déchiqueté, elle regarda posément Dragwena.

– Prépare-toi, marmonna-t-elle. Dans le sommeil-
rêve, Larpskendya m'a appris qu'à chaque sortilège
malfaisant correspondait un sortilège bienfaisant. Tu
ferais bien de partir avant qu'il ne te rattrape,
Sorcière !

Lorsqu'elle toussa, la fumée bleue qui sortit de sa
bouche se dirigea lentement vers Dragwena.

– Qu'est-ce que c'est ? bredouilla la Sorcière en
reculant d'un air affolé. Tu ne peux pas utiliser le
Maléfice… Il est à moi, rien qu'à moi !

Rachel comprima sa poitrine à deux mains en continuant à tousser, et la fumée bleue s'épaissit. Elle récita
des formules à l'envers dans la langue de la Sorcière et,
peu à peu, le sortilège sortit de sa bouche et suivit la
fumée.

Une lueur de compréhension passa tout à coup dans
le regard de la Sorcière.

– Un retournement, murmura-t-elle. Tu es en train
de retourner le Maléfice… Le bien contre le mal. Non,
ça ne marchera jamais.

Dragwena n'en continua pas moins à battre en
retraite, une première volute de fumée s'enroulant
autour de sa jambe. Elle hurla de douleur… et s'enfuit
en courant.

Les mots coulaient à flots de la bouche de Rachel.
Dragwena leva les bras pour s'envoler vers le ciel, mais
une nouvelle volute de fumée la rattrapa et la cloua au
sol. Très vite, le reste de la colonne bleue l'enveloppa en
se déversant dans son nez, sa bouche et ses yeux. Il n'y
avait pas de dents, mais la Sorcière gémissait et se tordait de douleur comme si elle venait d'inhaler du feu.

Alors, aussi soudainement qu'ils avaient commencé, les mots cessèrent. Le sortilège de retournement était arrivé à sa fin. Dès qu'il s'accomplit, les blessures de Rachel disparurent, elle referma la bouche, et les dernières vapeurs bleues se dispersèrent.

Tout le monde n'avait d'yeux que pour Dragwena.

Tandis qu'elle se tortillait par terre, tout son corps se carbonisait dans une flamme bleue qui continuait à la consumer de l'intérieur, mais la Sorcière n'était toujours pas morte. Au prix d'un effort gigantesque, elle redressa la tête et dit d'une voix rauque :

– Manag… Manag…

Et elle donna des petits coups de langue en faisant sortir une fumée gluante de sa gorge qui, en montant vers le ciel, prit la forme d'une créature griffue aux yeux verts dont la bouche s'étendait sur l'ensemble du Mont Fade.

Les Sarren se tournèrent d'un air désespéré vers Rachel, mais elle-même ne comprenait pas ce qui se passait et ne trouva rien à leur répondre.

Dragwena avait réussi à s'asseoir. Une lumière vert vif parcourut son corps en étouffant les dernières flammes bleues.

– Croyais-tu que le Maléfice se limitait à quelques pauvres dents ? se moqua-t-elle. Il se compose de sortilèges innombrables qui varient en fonction de mes besoins. Cette fois, tu n'arriveras pas à le retourner contre moi.

Dragwena envoya un baiser en l'air, Rachel sentit son corps se crisper et elle se retrouva soudain entourée d'un anneau de feu d'un vert tremblotant. Comprenant le signal, le Manag ouvrit ses énormes griffes et plongea vers elle, prêt à la mettre en pièces…

Morpeth courut vers Eric et le secoua à plusieurs reprises.

– Lève-toi ! Réveille-toi ! supplia-t-il.

Au bout d'un moment, Eric redressa la tête, se releva tant bien que mal, avança en titubant et se planta devant Rachel, paraissant minuscule par rapport à l'énorme Manag. Les deux mains tendues, il donna des coups dans la masse de la créature pour la repousser mais le sortilège dont était fait le Manag n'arrêtait pas de changer et de se rapprocher dans une attitude de défi. Finalement, le souffle du monstre projeta Eric au sol. Il tomba sur sa sœur en continuant à pointer les doigts de toutes ses forces.

– Je ne peux pas l'arrêter ! cria-t-il. Je n'y arrive pas ! Il est fait de millions de sortilèges. Il y en a trop. Je ne peux pas tous les neutraliser !

– Chante la strophe de l'espoir, lui dit alors Rachel. Vas-y, chante !

Appuyant sur le visage du Manag à deux mains, Eric se tourna vers l'océan d'Endellion et chanta à tue-tête :

Brune enfant viendra,
Les ennemis libérera,
Chantez en chœur,
Du sommeil et de l'océan étincelant,
À l'aube, je surgirai,
Pour voir éclater votre joie d'enfant.

Le Manag ouvrit les yeux d'un air méfiant.

– Chante-la encore ! hurla Rachel.

– Brune enfant…, recommença à chanter Eric, mais cette fois Rachel se joignit à lui, et ils chantèrent en chœur.

224

Sans s'arrêter, ils chantèrent et rechantèrent le poème de plus en plus fort, jusqu'à ce qu'ils entendent un bruit ancestral se réveiller dans un gigantesque grondement – le bruit d'un cœur immense qui battait au milieu de la nuit.

Le Manag s'immobilisa. Il plana au-dessus de Rachel en reculant et se tourna d'un air incertain vers Dragwena.

– Finissons-en ! fulmina la Sorcière. Tue-la ! Tue-la !

Le Manag n'arrêtait pas d'ouvrir et de fermer ses griffes, toujours hésitant.

– Détruis-la ! rugit Dragwena. C'est moi qui t'ai créé. Je te l'ordonne ! Obéis-moi !

Le Manag plongea en avant en ouvrant ses énormes mâchoires à quelques centimètres de la tête de Rachel, mais refusa de passer à l'attaque.

La Sorcière, folle de rage, se déchaîna contre lui, et il se mit à gémir sous ses invectives. Mais quelque chose faisait résister la volonté du Manag. Continuant à planer, il regarda d'abord vers Dragwena puis vers Rachel et finalement, il les ignora toutes les deux, ses yeux craintifs tournés vers l'ouest. Tout le monde suivit son regard, car une transformation spectaculaire était en train de se produire.

Au cœur de la nuit, alors qu'Armath était à son zénith, un soleil était en train de se lever à l'autre bout du monde.

Il n'y eut d'abord qu'une vague lueur orangée sur les montagnes de l'Ouest. Mais très vite, le soleil se leva dans toute sa splendeur en montant à une vitesse vertigineuse dans le ciel. À la différence de l'astre blafard qui brillait depuis si longtemps sur Ithrea, ce soleil était resplendissant et tout doré. D'un éclat presque ınsoutenable, il s'éleva dans les airs et transperça les nuages d'Ithrea pour la première fois depuis des centaines d'années. Émerveillés, les Sarren suivaient la course du soleil dont les rayons incandescents chauffaient leurs pommettes. Dragwena vacilla en laissant échapper un cri déchirant, incapable de supporter plus longtemps la caresse des rayons solaires, puis elle appela le Manag et se recroquevilla contre lui, la tête entre les genoux.

Les Sarren continuèrent à regarder ce qui se passait. Très haut dans le ciel, derrière le soleil où régnaient encore les ténèbres, quelque chose de tout aussi improbable se produisit : Armath, l'immense lune, dégringola sur les Monts Déchiquetés et explosa dans l'océan d'Endellion en projetant de gigantesques éclaboussures.

– Que se passe-t-il ? s'affola Trimak.

– Je n'en sais rien, dit Morpeth en regardant l'énorme panache d'eau scintillante soulevé par la lune.

L'anneau vert de feu qui entourait Rachel disparut et, lorsqu'elle courut rejoindre les autres, Morpeth vit des petits points lumineux tomber droit dans ses yeux.

– Regardez ! cria Trimak. Regardez les étoiles !

Une à une, puis par centaines, semblables à des petits points de lumière sur un papier peint, les étoiles tombaient du ciel d'Ithrea pour aller rejoindre Armath dans l'océan.

Pendant ce temps, le soleil avait poursuivi sa fulgurante ascension et s'était arrêté à la verticale, juste au-dessus de leurs têtes. Sa lumière éclatante se répandait à présent sur tout le Mont Fade.

Dragwena, les yeux sanguinolents, ramena sa robe sur son visage.

Morpeth était trop stupéfait pour se soucier de ce que devenait la Sorcière. Il tendit la main vers les flots dans lesquels les dernières étoiles venaient de sombrer.

– Comment se fait-il qu'on puisse voir l'océan ? murmura-t-il. L'eau devrait être gelée

La réponse arriva sans tarder. L'océan d'Endellion, jusqu'alors à peine visible en raison du long chemin qu'il avait à parcourir pour se déverser sur les montagnes de l'Ouest, était en train de se lever. Ils virent ses flots bouillonnants inonder les plus hauts sommets et déferler vers eux à une vitesse affolante, engloutissant tout sur leur passage.

Morpeth se tourna vers l'est. Là, dans une région éloignée d'Ithrea où les Sarren n'étaient jamais allés, un autre océan encore plus vaste déferlait à toute vitesse en direction du Mont Fade.

– Pourquoi ne suis-je pas effrayé ? dit Trimak. Tout ceci devrait être terrifiant.

Tous les Sarren réalisèrent que le sentiment qu'ils éprouvaient était une sorte de crainte émerveillée et non de la terreur. De son côté, Dragwena, qui pouvait à peine redresser la tête, appelait désespérément le Manag d'une toute petite voix. Elle pouvait à peine redresser la tête. Ratatiné sur lui-même de manière à entourer la Sorcière, il déploya sa masse comme il put pour la protéger des rayons du soleil.

Rachel murmura quelque chose à l'oreille d'Eric.

Il pouffa de rire, puis ils se tournèrent tous les deux face aux flots déferlants.

– Viens, Larpskendya ! chantèrent-ils en chœur. Sors de ton sommeil et de l'océan étincelant !

Et quelques secondes plus tard, Larpskendya

arriva : dans une gerbe d'écume, un oiseau d'argent surgit des profondeurs de l'océan, si gigantesque que les flots avaient de la peine à contenir ses ailes. D'un mouvement lent et massif, il survola les vagues en se dirigeant vers le Mont Fade.

Quand il récita les vers du poème de l'espoir, l'atmosphère vibra d'un son d'une beauté indescriptible, et ses yeux multicolores s'embrasèrent alors d'un éclat magnifique.

Dragwena croisa le regard de Larpskendya. Aussitôt, la peur la tétanisa en voyant dans les yeux du Magicien un million d'enfants grimaçants aiguiser leurs couteaux sur un mur de pierre. Elle poussa un hurlement et tendit un doigt impérieux.

– Tue-le ! ordonna-t-elle au Manag. Tue le Magicien !

Sans hésiter, l'immense ombre quitta son épaule, et Larpskendya se retourna pour lui faire face. Le Manag se rapprocha et se réduisit bientôt à un vague point sombre sur le poitrail de l'oiseau ruisselant d'eau. À deux mille mètres au-dessus de l'océan, ils s'affrontèrent, et Larpskendya, sans même avoir besoin d'ouvrir son bec, déchiqueta le Manag en plein ciel.

Dragwena se recroquevilla de douleur en voyant sa créature-sortilège se faire dévorer.

– Je te tuerai quand même ! rugit-elle en se ruant vers les Sarren, le visage déformé par la peur et la fureur. Même une fois vaincue, je te détruirai !

– Formez une haie de protection ! ordonna Trimak aux Sarren, qui se placèrent précipitamment entre les deux enfants et la Sorcière.

Dragwena bondit par-dessus les Sarren, insensible aux épées pointées vers elle, arracha Eric des bras de sa sœur et courut vers une petite butte. Rachel la bombarda de sortilèges blessants, mais la Sorcière les repoussa et continua son ascension dans la neige avec Eric.

Larpskendya survola l'océan. Il fonça tout droit sur la Sorcière, mais Dragwena tenait Eric serré contre elle, prête à lui briser le cou.

– Regarde bien ! hurla-t-elle à l'oiseau d'argent. Tu ne pourras pas le sauver ! Et ça fera un enfant de plus que j'aurai tué !

Mais tandis qu'elle resserrait son emprise, Eric prononça un mot.

Dragwena se convulsa de douleur, relâcha Eric et vacilla en arrière. Du sang coulait de son oreille.

– Qu'est-ce que c'est que ça ? dit-elle d'une voix grinçante. Un sortilège de neutralisation ? Non, il n'est pas question que je me laisse avoir… par un enfant !

Dragwena voulut le rattraper, mais Eric fit un léger bond de côté et se précipita dans les bras de sa sœur.

La Sorcière n'était plus en mesure de lui courir après. Étendue par terre, elle se tortillait dans tous les sens lorsque, brusquement, serrant les poings et faisant un effort pour se ressaisir, elle poussa un long cri en commençant à se transformer : sa peau rouge sang pela, et elle se changea en serpent ; puis sa peau mua de nouveau tandis qu'elle devenait tour à tour un mollusque, puis un corbeau, puis un loup, puis un monstre noir d'où s'échappaient des serpents, et enfin une créature immonde aux dents ébréchées entre lesquelles grouillaient des araignées. Elle prit toutes les apparences qu'elle avait empruntées depuis des centaines d'années, se transformant de plus en plus vite, au point que les formes finirent par se mélanger et que sa voix stridente devint méconnaissable

Mais Dragwnena n'en avait pas encore terminé. Submergée par une bouffée de haine, elle réussit à s'extirper du chaos et projeta ses griffes noires en avant.

Rachel poussa un hurlement auquel Larpskendya réagit en descendant du ciel. Sa tête rasa le sol, et il s'empara de la Sorcière qu'il emporta dans les airs.

Tout le monde vit Dragwena, à peine plus grosse qu'un point dans l'immense bec, faire tout son possible pour le maintenir entrouvert. Suffoquant, tremblant de tous ses membres et claquant des dents, elle essaya de rassembler tout son savoir pour porter un dernier coup mortel. Mais Larpskendya n'avait pas peur de la magie de Dragwena. Son bec se referma peu à peu, lui écrasant les bras tout en repliant progressivement ses genoux contre sa poitrine en feu. Au bout d'un moment, la Sorcière ne put en supporter davantage, et sa colonne vertébrale se brisa. Sa mâchoire se décrocha en laissant échapper un ultime cri de désespoir.

– Sœurs! hurla-t-elle. Vengez-moi!

Alors même que le bec de Larpskendya se refermait en tuant la Sorcière, une minuscule lumière verte jaillit de ce qui avait été le corps de Dragwena. Sans que personne y prenne garde, la lumière monta tout droit vers le ciel. Elle transperça l'atmosphère et fila à travers l'espace. Une fois là, elle serpenta vers une lointaine étoile, vers un monde vigilant peuplé de Sorcières.

21. Le choix

Sur le Mont Fade, tout le monde regarda, émerveillé, Larpskendya survoler les têtes dans un immense battement d'ailes. Eric courut au sommet de la butte et sauta en l'air pour caresser l'aile de l'oiseau. Mais ce fut sur Rachel et sur elle seule que Larpskendya posa ses yeux multicolores.

Alors, en très peu de temps, le Magicien lui transmit plusieurs messages : il lui présenta ses excuses pour toutes les souffrances endurées sur Ithrea, lui parla d'un choix qu'ils allaient tous devoir faire, puis d'un bonheur à venir, un bonheur incomparable qui leur arracherait des larmes de joie. Enfin, il se pencha sur Rachel en effleurant son visage, et elle se sentit envahie par un sentiment extraordinaire.

– Un don, dit-il. Un don qui n'a jamais été accordé à aucun être humain.

Tremblante d'émotion, Rachel comprit ce qu'il voulait dire et chercha les mots qui convenaient pour le remercier. Mais Larpskendya s'empressa d'associer à ce don un devoir, ainsi qu'une mise en garde.

Finalement, il tourna la tête et s'envola vers l'ouest.

– Au revoir, Larpskendya, dit Rachel en baissant les yeux, impressionnée par tant de splendeur.

Le silence retomba sur le Mont Fade. Tout le monde regarda l'oiseau disparaître au loin, les plumes de sa queue miroitant sous les rayons dorés du soleil.

C'est alors que deux grandes ombres obscurcirent la lumière du soleil.

– Attention ! cria Trimak.

Pendant que les enfants et les Sarren admiraient Larpskendya, les océans d'Ithrea avaient continué de déferler vers eux. D'un seul coup, comme si c'était la fin du monde, les vagues gigantesques vinrent s'écraser sur le Mont Fade. Personne n'eut le temps de se protéger ni de courir se mettre à l'abri. Mais au lieu de les engloutir, les flots s'arrêtèrent au pied de la butte en lançant quelque chose avec plus de douceur que la neige qui tombe.

Morpeth resta bouche bée en voyant un garde Neutrana surgir de l'eau et atterrir à ses pieds. L'homme se releva avec un grand sourire.

– Je suis… libre ! s'écria-t-il en s'ébrouant.

Puis il se prosterna dans plusieurs directions en se présentant à chacun tour à tour.

– Libre ? Ce qui est sûr, c'est que tu arrives un peu tard pour le combat ! se moqua l'un des Sarren en entraînant le nouveau venu loin de l'eau. D'où viens-tu, à propos ?

Mais avant même qu'il ait pu répondre, les vagues débarquèrent un nouveau passager sur la butte.

– Muranta ! s'étrangla Trimak en aidant sa femme à se relever. Comment se fait-il que tu sois là ?

– Comment veux-tu que je le sache ? rétorqua-t-elle

d'un ton irrité. J'étais à la maison, en train de me faire du souci pour toi, quand cette vague gigantesque m'a emportée, et voilà que je me retrouve ici… dans cet endroit glacial ! dit-elle en épongeant l'eau qui dégoulinait de sa robe.

Ils n'eurent toutefois guère le temps de s'attarder sur ce mystère, car les vagues déposèrent alors Grimwold et tous les Sarren que Dragwena avait fait périr un peu plus tôt. Ils allèrent prendre place dignement aux côtés de Trimak.

– Ils sont… morts, balbutia Morpeth. Ce n'est pas possible. C'est…

– Mais si, c'est vrai ! cria Rachel, les yeux embués de larmes. Regarde !

Et cette fois, tout se passa en même temps. Toutes sortes de créatures, animales et humaines, surgirent des vagues à une telle rapidité qu'une paire d'yeux n'aurait pu toutes les voir en même temps. Il arriva des Sarren, adultes et enfants, originaires de tous les coins d'Ithrea ; et, à leurs côtés, des Neutrana, des milliers de Neutrana à l'air abasourdi. Vague après vague, ils affluèrent de partout où des Sarren et des Neutrana vivaient ou avaient vécu autrefois, déposés par les flots sur le Mont Fade.

Des loups arrivèrent en grand nombre, Scorpa à leur tête, leurs flancs gris ruisselant d'eau de mer. Des Prapsies firent la culbute au bord de l'eau, voletant ici et là en racontant, comme toujours, des bêtises. Puis une petite vague déposa Leifrim aux pieds de Fenagel, qui se pencha vers son père pour l'embrasser.

Ils arrivèrent et arrivèrent encore, dans un mouvement ininterrompu. Ils étaient des centaines de milliers à surgir des vagues, si bien que le Mont Fade n'était plus qu'une bosse grouillante de toutes les créatures mortes ou vivantes qui avaient dû se plier un jour à la volonté de Dragwena.

Lorsque Ronnocoden arriva suivi de ses fiers compagnons les aigles, ils agitèrent leurs ailes trempées et chantèrent à pleine voix après un silence de plusieurs siècles. Il arriva ensuite des créatures extraordinaires que personne ne connaissait – des créatures qui avaient vécu et s'étaient reproduites sous les neiges d'Ithrea, oubliées au fond des ténèbres depuis d'innombrables années.

Elles se tortillèrent, glissèrent et rampèrent les unes sur les autres en découvrant leurs dents et en cachant leurs yeux sensibles pour se protéger du soleil qu'elles n'avaient encore jamais vu.

Au bout d'un long moment, quand ce fut enfin fini, les flots se retirèrent un peu plus loin pour laisser à chacun la possibilité de s'ébrouer.

Et personne ne s'en priva !

Les loups se jetèrent en hurlant sur la nouvelle herbe bien grasse qui venait de surgir de nulle part sous leurs pieds. Voulant jouer avec les loups, les enfants s'élancèrent derrière eux pour caresser leur fourrure, sans parvenir vraiment à les rattraper. Alors les aigles les laissèrent grimper sur leur dos et les firent voler sur de courtes distances en se moquant des Prapsies au passage.

Quant aux Sarren et aux Neutrana, pour une raison qu'ils ne s'expliquaient pas vraiment, ils se mirent à danser, à chanter et à tournoyer tous ensemble. Leurs voix répondaient à celles des oiseaux qui n'arrêtaient pas de chanter dans le ciel, le bruit des cris, des rires, des hurlements et des gazouillis faisant un si joyeux vacarme que la terre en trembla en grondant à son tour de bonheur.

Morpeth s'approcha alors de Rachel et d'Eric, et récita le poème d'un ton mélancolique :

Brune enfant viendra,
Les ennemis libérera,
Chantez en chœur,
Du sommeil et de l'océan étincelant,
À l'aube, je surgirai...

Rachel lui jeta un regard débordant d'affection :

Pour voir éclater votre joie d'enfant.

Et il s'agissait bien d'une joie d'enfant ! Car alors que les Sarren, les aigles, les loups et les autres créatures bondissaient, sautillaient et dansaient, ils se métamorphosèrent peu à peu en enfants, en aiglons et en chiots. Les Prapsies perdirent leurs visages de poupon pour redevenir des bébés corbeaux à bec rouge qui appelaient leur mère. Morpeth se transforma en petit garçon blond aux yeux bleus, et Trimak lui sourit entre ses joues rebondies creusées de fossettes.

– Eh bien ! fit Eric en secouant la tête sans regarder personne en particulier. C'est drôlement chouette !

– Comme tu dis ! s'esclaffa Trimak.

– Mais que va-t-il se passer ? demanda Morpeth. Nous sommes tous redevenus des enfants. Qu'allons-nous faire ?

À ces mots, comme s'il avait lancé un sortilège – ce qu'il avait fait sans le savoir –, toutes les créatures d'Ithrea firent silence et se tournèrent vers Rachel.

Elle dessina une forme dans le vide. Apparut alors une porte, qui menait à l'arrière d'une cave aux épais murs de brique.

– À quel endroit allez-vous vivre ? demanda-t-elle. Sur Ithrea ou sur la Terre ? Larpskendya a laissé le choix à chacun d'entre vous.

Le choix ? Les créatures d'Ithrea échangèrent des regards ahuris. Il y avait si longtemps qu'ils étaient esclaves de la Sorcière qu'ils ne savaient pas très bien comment réagir. D'ailleurs, comment choisir ? Pour la plupart des enfants, la Terre n'était plus qu'un lointain souvenir. Les animaux, eux, n'avaient jamais connu la Terre. Sur Ithrea, ils se sentaient chez eux.

Les chiots, assis sur leur arrière-train, se mirent à aboyer dans la plus grande confusion. Les bébés corbeaux se blottirent les uns contre les autres en pépiant d'un air inquiet. Quant aux créatures les plus étranges, elles se contentèrent de faire claquer leur langue en se demandant quoi faire. Au bout d'un moment, tous les animaux se tournèrent vers les enfants pour leur demander conseil, mais les anciens Sarren et Neutrana semblaient tout aussi perplexes. Rachel et Eric virent alors des milliers de garçons et de filles s'interroger mutuellement pour essayer de se souvenir de leur existence sur la Terre, ainsi que des familles et des amis qui avaient jadis partagé leur vie.

Et peu à peu, le cœur douloureux, tous commencèrent à se remémorer des souvenirs.

– Oh, regarde, dit Eric à sa sœur. Ils… pleurent.

Il y eut d'abord quelques sanglots étouffés, puis des groupes entiers se mirent à pleurer à chaudes larmes. Errant sur le Mont Fade ou s'effondrant à genoux, chacun des enfants s'abandonna à son chagrin à mesure que revenaient le hanter des images, des paroles ou des sentiments : des parents morts depuis déjà longtemps, des frères et des sœurs, des amis inestimables qu'ils ne reverraient ni n'embrasseraient plus jamais.

Le petit Leifrim, ses cheveux noir de jais tout ébouriffés, se décomposa brusquement.

– Je me souviens de la façon dont ma mère me tenait dans ses bras, mais… (Il regarda autour de lui d'un air honteux, dans l'espoir que quelqu'un pourrait lui venir en aide.) Comment s'appelait-elle ? Je ne m'en…

Fenagel prit son père par le cou. Elle-même était née sur Ithrea et n'avait jamais rien connu d'autre que les neiges obscures.

Mais nombreux étaient ceux qui n'avaient pas d'enfants pour les réconforter, la Sorcière n'ayant accordé cet honneur qu'à quelques proches serviteurs. En quelques minutes, tous les enfants du Mont Fade se recroquevillèrent sur eux-mêmes pour pleurer ou s'agrippèrent aux amis qu'ils purent trouver, en proie à un écrasant sentiment de solitude.

– Oh, je t'en prie, ne les laisse pas dans cet état, s'indigna Eric en se tournant vers sa sœur. Utilise un sortilège. Ça ne peut pas se terminer comme ça. Larpskendya n'a sûrement pas voulu ça.

– Attends, lui dit-elle, les larmes aux yeux. Larpskendya m'a prévenue que les choses allaient se passer ainsi. Ils ne pleurent pas seulement leurs familles disparues, mais aussi sur tous ces siècles de souffrance qu'ils ont endurés. (Elle sourit à travers ses larmes.) Ce qui va se passer ensuite va être surprenant.

Le chagrin des enfants dura un long moment. Beaucoup plus longtemps qu'il n'en avait fallu aux océans d'Ithrea pour tous les déposer sur le Mont Fade. Et il se prolongea jusqu'à ce que le dernier enfant trouve encore la force de pleurer. Finalement, les larmes cessèrent, et le Mont Fade retomba dans le silence. Un silence si pesant que même les bébés Prapsies s'abstinrent de babiller. Ils ramenèrent leurs courtes ailes sur leur bec et attendirent patiemment.

Alors, un vent léger se leva sur le Mont Fade.

Trimak fut le premier à le sentir caresser sa joue. Le vent sécha ses larmes et l'enveloppa de sa chaleur.

– Regardez ! s'écria-t-il en tendant la main de tous côtés.

Jusqu'à cet instant, personne n'avait pris la peine de se demander ce qui se passait au-delà du Mont Fade. Ils s'aperçurent tout à coup que les eaux des océans s'étaient retirées au loin en faisant fondre la neige. À perte de vue s'étendait une terre noire, stérile et mutilée. Ithrea était comme dépouillée. Même l'herbe avait été arrachée. Rien ne poussait ni ne remuait à la surface du sol. Une enfant soupira, et sa voix résonna dans l'espace désolé.

– Oh, chuchota Trimak. Est-ce pour cela que nous avons attendu pendant tant de siècles ? Même les neiges étaient plus réconfortantes que ça.

Rachel éclata de rire.

– Vous n'avez qu'à désirer autre chose !

– Des fleurs ? grommela Grimwold. Ce serait déjà ça.

À la seconde même, des bourgeons surgirent entre ses pieds. Il fit un bond de côté, et les bourgeons s'étalèrent aussitôt sur l'empreinte qu'il avait laissée.

– Des fleurs de quelle couleur ? demanda Rachel. Et de quelle forme ? Quel parfum doivent-elles avoir ? Et combien en veux-tu ?

– Comment le saurais-je ? marmonna Grimwold en prenant soin de ne pas piétiner les bourgeons. Je ne connais rien aux fleurs !

Rachel lui sourit.

– Tu renonces déjà ?

– Des jolies fleurs, dit-il tout bas. Comment appelait-on ça, déjà ? Oh… je n'en sais rien !

Les bourgeons continuaient d'apparaître, mais sans s'ouvrir, attendant tranquillement la suite.

– Des roses blanches ! dit Fenagel. Des jonquilles violettes. Des marguerites vertes. Des… Oh !

Les bourgeons venaient d'éclore, laissant jaillir toutes les fleurs qu'elle venait de nommer. Elles se mirent à proliférer sur le Mont Fade et même au-delà.

– Stop ! hurla Morpeth.

Et les fleurs s'arrêtèrent aussitôt.

– Des roses qui chantent ! s'écria Grimwold.

Immédiatement, les roses blanches commencèrent à chantonner vaguement en agitant leurs pétales d'avant en arrière.

– Non, ne chantez pas comme moi, bande d'idiotes ! leur cria-t-il. Chantez quelque chose de beau !

Alors les roses entonnèrent un autre air, loin d'être sublime.

– La magie ne sait pas ce qui est beau, dit Rachel. C'est à toi de le dire, espèce d'idiot !

Grimwold éclata de rire, mais plusieurs autres relevèrent le défi.

– Beau comme le bonheur !

– Comme le chant du coucou !

– Comme des bébés qui babillent !

Et les fleurs se mirent à chanter comme ils l'avaient demandé

– Comment est-ce possible ? s'étonna Morpeth.

Juste à côté de lui, une petite fille approcha son oreille d'un bouton-d'or qui chantonnait.

Rachel lui fit un clin d'œil.

– C'est de la magie. Larpskendya vous donne tout ce dont vous avez besoin.

– Pour quoi faire ?

– Ce que vous voulez ! répondit Rachel. Allons, ne sois pas timide, Morpeth. Imagine quelque chose !

Ne sachant que dire, il fit apparaître dans sa main un minuscule soleil et le souffla vers le ciel.

– Oh, imagine quelque chose de mieux que ça, rétorqua Rachel. Regarde ce que les autres sont en train de faire !

Morpeth leva les yeux et, partout où se porta son regard, il vit des enfants donner libre cours à leur imagination pour inventer peu à peu le reste d'Ithrea. Des forêts pourvues de jambes grimpaient sur les pentes des Monts Déchiquetés. Fenagel courait en haut d'une butte, talonnée par des bijoux qui la suivaient comme des animaux dociles. Des enfants écrivirent leur nom dans le ciel. Des montagnes en forme de melons se mirent à scintiller au loin en crachant des pépins comme des volcans. Une grosse pierre roula aux pieds d'un garçon pour lui offrir tout un choix de bonbons. Quant aux fleurs, premières créations sur la nouvelle Ithrea, elles furent bientôt oubliées, ce dont elles semblaient parfaitement se moquer étant donné qu'elles continuaient à chanter à tue-tête… Du moins, jusqu'à ce que Muranta leur ordonne de se taire. Après quoi, elles se contentèrent de murmurer.

Tout au loin, Eric aperçut un dragon crachant du feu qui sortait du Lac Ker. Sans doute ne l'aurait-il pas remarqué, au milieu des autres formes bizarres qui surgissaient de toutes parts, si ce dragon n'avait pas foncé tout droit sur les aiglons.

– Hé, arrêtez ! cria-t-il aux bébés Prapsies qui n'arrêtaient pas de pouffer de rire.

Mais les aigles avaient déjà transformé le dragon en bec, qui se mit à poursuivre les Prapsies éberlués.. avant que ceux-ci ne le renvoient chasser les aigles.

Eric se tourna vers sa sœur :

– Est-ce que tout ça ne devient pas un peu... dangereux ?

– Ils ne peuvent pas se faire de mal, Larpskendya ne le permettrait pas. Laisse-les s'amuser un peu. Il y a si longtemps que ça ne leur est pas arrivé.

Soudain, une tartine de confiture vint voltiger devant sa bouche.

– J'espère que tu aimes la confiture, dit la tartine.

En se retournant, Rachel vit que Morpeth lui souriait.

Toute cette folle imagination continua à se déchaîner jusqu'à ce que chacun se soit approprié une partie d'Ithrea. Au bout d'un moment, Trimak demanda qu'on arrête de faire de la magie et des bêtises un instant.

– Je sais ce que je veux ! déclara-t-il d'une voix forte. Rester sur Ithrea ! C'est ici que je suis chez moi. J'ai fait mon choix.

– Excellent choix ! gronda une voix de stentor.

Elle venait de Hoy Point, dans les Monts Déchiquetés. La vieille montagne souleva une casquette qu'elle agita avec enthousiasme. Derrière Trimak, un garçon pouffa de rire.

– Pardon, dit-il, un peu embarrassé. Je n'ai pas pu résister

Après cela, Ithrea semblant promise à tant de beauté et de fantaisie, les autres créatures ne tardèrent pas à faire aussi leur choix.

Certaines demandèrent quelques renseignements supplémentaires sur la Terre, mais lorsqu'elles découvrirent que ce monde était dépourvu de magie, elles s'en désintéressèrent aussitôt.

À la grande surprise de Rachel et d'Eric, plusieurs créatures décidèrent de repartir avec eux. Quelques vers de terre venus des profondeurs s'enroulèrent autour des jambes d'Eric et y restèrent fermement agrippés. Scorpa se détacha d'une bande de chiots et lécha les genoux de Rachel avec tant d'enthousiasme qu'elle tomba plusieurs fois de suite à la renverse. Sans raison particulière, ou du moins sans que personne comprenne vraiment pourquoi, deux Prapsies grimpèrent sur ses pieds en marmonnant quelque chose à propos de ciels nouveaux où aller voleter.

— Je croyais qu'ils allaient se comporter comme des bébés corbeaux normaux, dit Eric. Comment se fait-il qu'ils parlent ?

— Larpskendya n'a pas voulu leur retirer ce don, expliqua Rachel. Les chiots aussi peuvent parler. Mais ils préfèrent aboyer.

— C'est vrai, dit Scorpa à Eric. Mais évite de me caresser. J'ai horreur de ça.

— Ça ne me serait jamais venu à l'idée, rétorqua le garçon, qui s'apprêtait justement à le faire.

Tout à coup, Ronnocoden se posa sur l'épaule de Rachel et regarda d'un air impérieux au-dessus des têtes des bébés Prapsies, comme s'il les jugeait indignes de son attention.

— Je pense qu'aucun des Sarrer ne va venir avec

nous, dit Eric vers la fin de l'après-midi. Je les comprends.

Mais il se trompait. En effet, un des enfants décida de partir avec eux.

Des heures durant, Rachel le regarda serrer les autres dans ses bras en pleurant, puis éclater de rire et pleurer de nouveau en leur faisant ses adieux – des adieux qu'il répéta à tous les Sarren et Neutrana qu'il avait connus.. Comment dire au revoir, un au revoir définitif, à ceux qu'on a aimés et dont on a partagé à la fois la vie et la mort pendant si longtemps ? songea Rachel.

Enfin, après avoir serré Trimak dans ses bras pendant près d'une heure et s'être séparé de lui sans pratiquement prononcer un mot, Morpeth se déclara prêt à partir. Son visage était tellement ravagé par les larmes que Rachel avait du mal à soutenir son regard.

– Tu es sûr de vouloir partir ? lui demanda-t-elle. Tous tes amis sont ici…

– Pas tous, dit-il d'une voix sincère.

Puis il effleura les paupières des yeux multicolores de Rachel et lui jeta un regard malicieux.

– Ces yeux-là, ce n'est pas toi qui les as imaginés. J'ai vu ce qui s'est passé au moment où Larpskendya t'a touchée. Tu as maintenant son regard. Tu croyais que je ne m'en apercevrais pas ? Le magicien t'a fait un cadeau, n'est-ce pas ?

– Chut ! Je ne peux pas dire ce que c'est. Il s'agit effectivement d'un don, mais aussi d'une tâche à accomplir.

Morpeth applaudit des deux mains, fou de joie, puis se retourna pour voir quelles nouvelles merveilles étaient apparues sur Ithrea au cours des dernières secondes.

– C'est incroyable !

– Et ridicule ! Qu'est-ce que c'est censé être ? fit Eric en montrant un gros cochon qui flottait dans le ciel. Confortablement allongé sur un nuage, il portait des lunettes de soleil et sirotait une limonade. Assise par terre, une petite fille fronça les sourcils pour se concentrer, cherchant visiblement ce qu'elle allait pouvoir inventer après ça.

– C'est complètement idiot, dit Eric.

– Moi, ça me plaît assez, dit Morpeth en souriant. Mais regarde là-bas. Ça, c'est vraiment idiot.

Et ils continuèrent à se montrer des choses un peu partout : des rivières bouillonnantes remplies de grenouilles, des dragons sautant à la corde et des chevaux couleur d'arc-en-ciel lancés au galop, mais aussi des choses qu'aucun d'eux ne reconnaissait, qui apparaissaient et s'évanouissaient dans le ciel flamboyant aux reflets dorés. Des poissons armés de cannes à pêche ramenaient des fausses sorcières du Lac Ker, et le gros cochon paresseux s'était trouvé une amie – la petite fille qui, accrochée à sa queue en tire-bouchon, volait autour du Mont Fade. Très vite, plusieurs autres enfants la rejoignirent, ou s'envolèrent au loin dans d'autres directions.

En quelques secondes, ils gagnèrent les quatre coins du monde pour le transformer en donnant libre cours à leur imagination, conquérant peu à peu l'ancien monde hivernal de la Sorcière.

Un peu plus tard, quand le soleil commença à décliner, un garçon créa une nouvelle lune. Au moment où il leva les bras, elle s'éleva lentement tandis qu'un sourire malin éclairait son visage. L'enfant tendit ensuite un doigt vers le ciel pour faire apparaître une nouvelle constellation d'étoiles qui se mirent à scintiller d'un éclat chaleureux.

Morpeth s'efforçait d'englober tout ce monde fantastique d'un seul regard... ce qui était évidemment impossible. Il se passait trop de choses partout en même temps.

— Il y a vraiment tout ce qu'il faut, dit Eric.

— Non, pas tout à fait, rétorqua Rachel. Il manque quelque chose. Quelque chose de gris et de froid

— C'est vrai ! La neige ! s'exclama Morpeth.

Et ils éclatèrent de rire, sachant que les neiges grises d'Ithrea avaient disparu à tout jamais.

— Nous ne sommes pas obligés de partir tout de suite, bredouilla Morpeth. Il y a tant de choses à voir, tant de choses à faire !

— Je suis désolée, dit Rachel, mais Larpskendya m'a dit qu'il serait dangereux de laisser la porte ouverte trop longtemps. Il faut partir tout de suite.

— Pourquoi ?

— Je ne peux pas te le dire.

— Est-ce que ça a un rapport avec les Sorcières ?

Rachel acquiesça d'un signe de tête.

— Ne me demande plus rien. Je ne pourrai rien dire avant que nous soyons arrivés.

— Si je pars, dit encore Morpeth, est-ce que je pourrai revenir ?

— Je n'en suis pas certaine, répondit Rachel d'un ton plus grave. Larpskendya ne m'a rien dit. On ne pourra peut-être plus jamais revenir sur Ithrea.

Morpeth hocha la tête, l'air morose, puis se retourna vers Trimak. La plupart des autres enfants avaient commencé à s'éparpiller dans différentes directions, mais Trimak n'avait pas bougé d'un pouce. Il se tenait

245

là, immobile, au centre du Mont Fade, le bras sur l'épaule de sa femme, Muranta. Rachel savait qu'il ne quitterait pas son vieil ami des yeux tant qu'il ne serait pas parti.

À contrecœur, Morpeth avança vers la porte de la cave en continuant à regarder par-dessus son épaule pour voir ce que le prochain enfant allait inventer. Un ver de terre en profita pour glisser le long de la jambe d'Eric et s'enrouler autour du tibia de Morpeth.

– Alors, partons vite avant que ce ver de terre et moi ayons changé d'avis, dit Morpeth en prenant Rachel par la main.

Rachel avança d'un pas sur le seuil, un de ses yeux fermé à cause de l'obscurité, l'autre regardant Morpeth, toujours hésitant, dans le monde resplendissant d'Ithrea.

– Tu es sûr de vouloir venir ? lui demanda-t-elle. Tu en es vraiment sûr ?

– Oui, dit-il. Non. Oui, enfin, oh…

Puis il la poussa de l'autre côté de la porte.

Rachel cligna des yeux. La poussière en suspension dans la cave l'empêchait de voir distinctement. Son père était assis par terre, la tête entre les mains, une hache à ses pieds. Lentement, il releva les yeux, et quand son regard croisa le sien, il fondit en larmes, visiblement soulagé.

– Je croyais que… que tu étais dans le mur, marmonna-t-il en cherchant ses mots. Je croyais que…

Rachel serra son père dans ses bras. Lorsqu'elle le regarda de nouveau, ses yeux multicolores brillaient d'un magnifique éclat.

– Tu es différente, lui dit son père. Tu as changé.

Rachel l'embrassa.

– Beaucoup de choses ont changé.

– Où est Eric ?

– Il arrive. Mais pas tout seul...

– Qu'est-ce que tu veux dire par là ?

– Je veux dire que...

Scorpa allait et venait à pas de loup, les Prapsies sautillaient, Ronnocoden battait des ailes... alors Morpeth et Eric, traînant avec eux les vers de terre, franchirent la porte à leur tour.

CLIFF McNICH
L'AUTEUR

Né à Sunderland, Cliff McNish a passé la majeure partie de sa vie dans le sud-est de l'Angleterre. Quand elle était petite, sa fille Rachel adorait qu'on lui raconte des histoires. C'est ainsi qu'a commencé *Le Maléfice*. « Mais, avant même que je m'en rende compte, dit Cliff McNish, le monde magique d'Ithrea a voulu prendre forme de façon plus tangible. Il voulait exister ! »

Le deuxième volume de cette trilogie, intitulé *L'Alliance magique*, est paru aux Éditions Gallimard Jeunesse, en livre hors série.

Table des matières

Découvrez un extrait de...
L'Alliance magique
(Deuxième volume de la trilogie)

« Heebra ne s'intéressait pas vraiment au combat. Furieuse contre Calen, elle concentra ses pensées, comme souvent, sur sa fille aînée. Où était Dragwena ? Elle s'était aventurée en solitaire vers les royaumes d'un lointain espace dans l'idée de conquérir de nouveaux univers et, des siècles durant, Heebra avait attendu son retour. Elle avait finalement envoyé en mission des groupes d'éclaireuses, mais elles ne l'avaient pas trouvée. En voyant les jeunes apprenties s'affronter dans un combat mortel à travers le ciel, Heebra sentit son cœur se serrer. Sa merveilleuse et sauvage Dragwena était-elle encore en vie ? Ou avait-elle péri dans quelque monde ignoble, sans aucune neige pour recouvrir sa tombe ?

– Veux-tu que je fasse arrêter le combat ? demanda Calen qui avait deviné l'humeur de sa mère.

– Non. Laisse-les terminer.

– Ce ne sera plus très long. Toutes les trois ont déjà commis plusieurs erreurs.

Heebra hocha la tête, perdant cette fois tout intérêt pour le spectacle. « A quoi bon affiner et pratiquer notre magie puisqu'il n'y a aucun Magicien à combattre ? » songea-t-elle avec amertume. Peu à peu, ses sorcières avaient perdu la guerre interminable qu'elles menaient contre les Magiciens depuis des millénaires. Au cours de son existence, Heebra avait vu ses sœurs abandonner sept mondes qu'elles avaient naguère conquis. Sept! Ah, si seulement ses sorcières avaient réussi à trouver Orin Fen, le monde où vivaient les Magiciens! Mais son emplacement restait un mystère et Larpskendya, leur chef, avait quitté sa planète d'origine avec ses troupes en prenant soin de brouiller le chemin d'accès à leur nouvel univers. Peu à peu, et pratiquement sans faire couler le sang, il était en train de gagner la guerre et de repousser ses meilleures combattantes en direction d'Ool. Jamais l'emprise des sorcières n'avait été aussi faible.

– Ah! s'exclama Calen. Enfin!

L'une des apprenties, le visage tout rouge d'excitation, se précipita vers la tour d'Heebra, brandissant entre ses griffes les serpents-âmes sans vie de ses adversaires comme des trophées. Mais elle n'eut pas droit au moment de gloire qu'elle espérait. Tout là-haut dans le ciel, une minuscule boule de lumière verte venait de transpercer les nuages. Brillant par intermittence, la lumière vacillait dans l'air tel un navire en détresse.

D'un seul coup, Heebra et Calen se désintéressèrent de la championne et s'envolèrent de la tour à la rencontre de la boule.

– Ce n'est pas possible! murmura Calen.

– Mais si! s'enflamma Heebra.

Toutes les sorcières qui avaient suivi le combat des apprenties firent silence. Aucune n'avait encore jamais rien vu de pareil: une sorcière défunte, dont la force-vie revenait chez elle. Dans toute l'histoire d'Ool, un aussi long voyage à travers l'espace n'avait été accompli qu'à deux reprises. Quelle sorcière vivante possédait la force de voyager aussi loin ?

– Dragwena ! s'écria Heebra et, le cœur débordant de joie, elle déposa affectueusement la lumière verte sur une de ses langues. « Elle respire encore, constatat-t-elle. Elle vit encore. »

La force-vie meurtrie tremblotait sur elle-même, trop faible pour parler.

– Ne crains rien, ma fille, la réconforta Heebra. Te voilà de retour chez toi. » (à suivre)

L'Alliance Magique est disponible aux Éditions Gallimard Jeunesse, en livre hors série.

Maquette : Aubin Leray
Loi n° 49-956 du 16 juillet 1949
sur les publications destinées à la jeunesse
ISBN 2-07-055189-X
Numéro d'édition : 135066
Numéro d'impression : 71578
Dépôt légal : décembre 2004
Premier dépôt légal . février 2002
Imprimé en France sur les presses
de la Société Nouvelle Firmin-Didot